Erik Orsenna

Inselsommer

Aus dem Französischen
von Uli Aumüller

Carl Hanser Verlag

Die Originalausgabe erschien 1997 unter dem Titel
Deux étés bei Fayard, Paris.

1 2 3 4 5 04 03 02 01 00

ISBN 3-446-19865-2

Satz: Filmsatz Schröter GmbH, München
Druck und Bindung: Clausen & Bosse, Leck
Printed in Germany

Für Gilles Chahine,
für Jean-Bernard Blandenier,
für alle meine übersetzenden Freunde
auf der Insel.

Diese Inseln, die sich bisweilen dem Blick zeigen,
Sind kein fester Boden oder haltbarerer Stoff,
Sondern in den vielen Wassern verirrte Lande,
Die hierhin und dorthin treiben: die Vagabundierenden Inseln.

Edmund Spenser:
The Faerie Queene
Zweites Buch, Zwölfter Gesang

Glücklich die Kinder, die in der Liebe zu einer Insel aufwachsen. Sie erwerben dort in Windeseile bestimmte, für ihr späteres Leben nützliche Eigenschaften: Phantasie, Einsamkeit, Freiheit, sogar eine gewisse Respektlosigkeit gegenüber dem Festland; und sie lernen, den Horizont abzusuchen, zu segeln und fortzugehen …

Unsere Insel.

Von September bis Ende Juni träumten wir im grauen Pariser Schulalltag nur von ihr. Wir hatten sie überallhin geklebt, an unsere Zimmerwände, unter den Deckel unserer Schulpulte, wahrscheinlich auch innen auf unsere Lider. Zu ihr strebten all unsere Liebes- und Abenteuerpläne. Auf ihr hatten wir die Helden unserer Bücher angesiedelt, Robinson natürlich, aber auch die Drei Musketiere, die Sanseverina, die gewiß erstaunt war, sich dort, auf diesen beiden von der Strömung umspülten winzigen Granitfelsen wiederzufinden.

Die Insel tröstete uns über alles hinweg, hielt uns aber zugleich unsere Schwächen vor. Wer hätte uns besser erziehen können?

Und die Insel war unser einziger Besitz, den wir mit den Erwachsenen gemeinsam hatten. Auch sie hängten eine ge-

rahmte Karte der Insel in ihre Versicherungsagenten-, Ärzte- oder Spielzeugherstellerbüros. Auch sie vertrauten ihr all ihre etwas weiterreichenden Träume an, ihre Sehnsüchte nach neuen Ufern.

Es herrschte also allgemeine Freude, wenn die Reisestunde schlug. Ich erinnere mich: Das Auto hieß Frégate, ein großer weißer Renault. An der Porte de Saint-Cloud stachen wir in See.

Wir werden von Sommer zu Sommer gehüpft sein wie von einem Stein zum anderen in einer Furt. Der Rest unserer Leben kann ohne Bedauern vergessen werden.

I

Wie kann man in dem von den ersten Julitagen an von der gesamten Familie belegten Haus, wie kann man umzingelt, hautnah umzingelt von Cousins, Tanten, Urahnen, Verwandten zweiten Grades, weltlichen oder kirchlichen Brüdern und Schwestern, Witwen aus einer Seitenlinie, lebenslangen Freundinnen, wachsamen Urgroßmüttern, mutmaßlichen Erbonkeln, Angeheirateten (überaus enttäuschenden Schwiegersöhnen, allzu parfümierten Schwiegertöchtern), wie kann man, von ihnen allen bestenfalls durch eine Wand, dünner als Papier, oft bloß durch einen geblümten Vorhang getrennt, wie kann man in einem von Kindern wimmelnden winzigen Zimmer, das vor lauter darin aufgestellten Betten jeder Größe und Art dem Hinterstübchen eines Trödlers gleicht, wie kann man, als wenn nichts wäre, von dem lachend auf seinem Kopfkissen stehenden Jüngsten beobachtet oder von weiter oben, durch ein in die Holzdecke gebohrtes Loch überwacht – ein gewahrtes Geheimnis, von Generation zu Generation von den gleichen vorpubertären, triebhaften Jugendlichen wiederentdeckt –, wie kann man sich mitten in dieser Menge lieben?

Für den Akt selbst findet man unter der Decke immer

Mittel und Wege. Als Beweis die große Zahl der im nächsten Frühling eintreffenden Nachkommenschaft. Man lernt schnell, die Matratze zum Schweigen zu bringen, sich im Augenblick der Ekstase in die Faust zu beißen, ein Handtuch bereitzuhalten, um das Bettlaken nicht zu kompromittieren, dessen kleinste Befleckung jahrhundertelang ohne Ende und mit Sachkenntnis kommentiert würde.

Aber die Begleitung, die so notwendige Musik, kurz – die Liebesworte?

Während der ganzen Nacht und während der Siesta lag das Haus auf der Lauer und sog seinen Honig aus der leisesten, selbst der geflüsterten zärtlichen Zustimmung, »ja, ja«, aus der kleinsten, wenn auch zart in den Gehörgang gehauchten Ermutigung, »mehr, mehr«.

Und am nächsten Tag konnte man unversehens an einem friedlichen Vormittag Kinderseufzer vom Strand aufsteigen hören, »o ja, mehr, mehr ...«, während die Alten unter ihren Sonnenhüten auf der Terrasse, ohne ihr Strickzeug fahrenzulassen, bissige Kommentare über die Indiskretion der Jugend abgaben.

Die Schuldigen saßen mit gesenktem Kopf über ihrem Frühstück, ließen es sich gesagt sein, behielten hinfort und für alle Zeiten ihre verbalen Ergüsse für sich.

Auf dieser Insel der unterdrückten Liebesworte landete eines schönen Tages ein kleiner Mann. Er hatte dunkle Augen, das Aussehen eines Fauns und trug, unempfindlich für den Spott der von dieser Art Eleganz wenig beeindruckten Seeleute, einen weißen Leinenanzug.

Die Traurigkeit hatte ihn aus Paris vertrieben. Zu vieles erinnerte ihn dort an den kürzlich verstorbenen Freund Jean Cocteau. Der »Dichterfürst« besuchte ihn oft in seinem Heim am Boulevard Saint-Michel und freute sich daran, den mehr oder weniger bekleideten Faun bis zum Morgengrauen Couperin vom Blatt spielen zu sehen und zu hören.

Die Insel war nicht seine erste Anlegestelle. Er war durch ganz Frankreich gezogen. Er suchte einen neuen Wohnsitz, einen Heimathafen. Als Übersetzer konnte er seinen Beruf ausüben, wo er wollte.

Drei Kilometer von Norden nach Süden, eineinhalb von Osten nach Westen – die Erkundung dauerte nicht lange. In dem Maße, in dem der Besucher die Herrlichkeiten des Ortes entdeckte, verfestigte sich in ihm eine freudige Gewißheit:

»Ich habe ihn gefunden, ich habe den Ort gefunden, an dem ich wieder lernen werde, mich des Lebens zu erfreuen.

Für mich, der ich Regen und Kälte hasse, ist das hier das perfekte Mikroklima. Eine Insel, die den Wolken bange macht: sie halten sich fern, als wären sie am Kontinent festgehakt. Eine betörend milde Luft, wahrscheinlich die Liebkosung eines Golfstrom-Arms. Eine Flora aus anderen Breiten, Aloen, Mimosen, Palmen, ein Stück Sardinien mitten im Ärmelkanal.

Welches Schauspiel könnte für mich, dessen Arbeit die eines Fährmanns ist, inspirierender sein als dieser ewige Schiffsreigen von einem Punkt des Archipels zum anderen?

Da man mir außerdem versichert, daß sich der Ort vom 25. August an leert, daß einem die Gezeiten, die zu den ausgeprägtesten der Welt gehören, zweimal am Tag den Kopf reinigen und daß der Milchreis einen jeden Mittwoch in die Kindheit zurückversetzt, brauche ich nicht weiter zu suchen. Ich bin angekommen.«

Dies sagte sich auf der Terrasse des örtlichen Cafés, des Chardon Bleu, der Übersetzer mit dem Aussehen eines Fauns. Er kniff die Augen zusammen – bei ihm das Zeichen äußerster Befriedigung. Und zur Feier des Tages wanderten seine Lippen, seine fleischigen, granatroten Lippen, verträumt über den Rand eines Duralex-Glases mit sehr schlechtem Gamay.

Um ihn herum wurde in fremden Zungen gesprochen. Rechts von ihm kommentierte eine Gruppe struppiger Jungen heftig ein mysteriöses Ereignis des Nachmittags, das sie wütend zu machen schien.

»Ein so schönes Manöver zu verpatzen!«

»Eine halbe Seemeile vor dem Ziel!«

»Die Backstagen hätten steifgesetzt werden müssen …«

»Nächstes Mal kümmere ich mich selbst um den Niederholer.«

Das Gespräch des Paars links von ihm war viel ruhiger: mit lateinischen Wörtern durchsetztes Kirchengeflüster.

»Jedenfalls kann sich unsere Pflanzschule sehen lassen.«

»Hast du die *Wisteria sinensis* bemerkt?«

»Man kann sagen, was man will, nichts geht über Absenker!«

»Bestens, bestens«, sagte sich unser Held und rieb sich die Hände (so klein, seufzte Cocteau, während er sie in seine nahm, daß man nicht ahnt, wie geschickt sie sind), »bestens, das lokale Idiom ist Französisch, dem aber unzählige Mundarten aufgepfropft wurden. Was könnte für einen Übersetzer anregender sein als dieser überreiche verbale Boden? Hier ist die ursprüngliche Einheitssprache vor Babel in mehr Splitter zerplatzt als irgendwo sonst auf dem Planeten. Danke, Gott, ich bin fündig geworden. Das Gelobte Land!«

II

»Ein Haus auf der Insel? Wo denken Sie hin?«

Maître H., Notar in der Nachbarstadt von P., musterte seinen kühnen Besucher verblüfft.

»Ein Haus? Ich habe nicht ein einziges zu verkaufen, nie. Die Familien geben sie nicht her. Übrigens, haben Sie eine Familie?«

»Na ja ...«

»Ich kann Ihnen nämlich von vornherein sagen, falls ich ausnahmsweise mal ein kleines Haus für Sie ausfindig machen sollte, da drüben herrschen die Familien. Es ist hoffnungslos, akzeptiert zu werden, wenn man keine Familie hat.«

»Ich habe zwei Neffen. Sie werden mit Freuden in den Ferien kommen.«

»Zwei Neffen haben noch nie eine Familie ausgemacht. Geben Sie sich mal Mühe. Ich meinerseits ...«

Mit der Spitze seiner gräulichen langen Finger, die viel Ähnlichkeit mit frisch geschälten Schwarzwurzeln hatten, durchstöberte er seine Kartei. An der Wand hängend, wachte Ernest Renan. Welche Funktion hatte der Verfasser von *La Prière sur l'Acropole* in dieser Kanzlei inne? Ernest Renan war der glühende Stolz der Gegend, derjenige, der es gewagt hatte, dem allmächtigen Katholizismus des vorigen Jahrhunderts die Stirn zu bieten, der Mann, dem man aus Angst, vom Teufel gestreift zu werden, auswich, wenn er durch die Straßen ging.

»Nein, im Augenblick habe ich nichts. Außer ... die Auflösung des Gemeinschaftsbesitzes Landrieux ... die Weinhändlerin aus Quimper und ihr Schwager, der vietnamesische Zahnarzt ... Großer Gott!«

Er verzog das Gesicht, er paddelte durch einen Alptraum, eines dieser haßerfüllten Labyrinthe, die der Kreuzweg der Notare sind ...

»Warten wir einen oder zwei Monate. Bis es sich klärt. Falls das möglich ist. Glauben Sie mir, manche Gemeinschaftsbesitztümer sind echt gemein.«

Er war aufgestanden. Er wirkte erschöpft.

»Darf ich Ihnen eine letzte Frage stellen?« wagte sich der Übersetzer vor.

Der Mann des Gesetzes antwortete nicht. Er klimperte nur mit den Augenlidern: Wenn es unbedingt sein muß ...

»Auf der Insel da drüben ... Die Bewohner scheinen einen äußerst präzisen Wortschatz zu verwenden, Spezialistenausdrücke, sogar die Kinder. Nie ›Sache‹, nie ›Ding‹, nie ›Tau‹ – verstehen Sie, was ich meine? –, sondern ›Raupenschere‹, ›Gegenspalier‹, ›Pfeilruder‹ ...«

»Ach, das ist Ihnen aufgefallen? Natürlich, jemandem wie Ihnen muß das ja auffallen. Und davon fühlen Sie sich angezogen? Das ist normal. Was könnte normaler sein?«

Er warf einen kurzen Blick auf seinen Gesprächspartner. Dann fixierte er seine Schuhspitzen.

»Die Insel ist winzig, wie Sie bemerkt haben werden. Und sie ist ein Naturschutzgebiet. Es darf nichts mehr gebaut werden. Also drängen sich die Menschen in den vorhandenen Mauern.«

Er hielt inne. Es schien, als sammle er Kraft oder als rufe er jemanden zu Hilfe. Ernest Renan, der so fest an den Vorrang des Geistes und an den Fortschritt der Vernunft glaubte?

»Ich muß zugeben, daß ich nicht recht verstehe.«

»Diese Promiskuität fördert nicht gerade den Austausch von Gefühlsäußerungen. Also rächt man sich, man spricht von etwas anderem als von der Liebe, und das um so besser. Natürlich habe ich Ihnen nichts gesagt. Diese Erklärung ist nur eine Hypothese. Ich bin kein Psychologe. Gehen Sie, sehen Sie zu, daß Sie eine Familie haben. Und ich werde sehen, was ich tun kann.«

III

An der Nordspitze der Insel, erzählt die Legende, hatten zwei Brüder ihren Vater ermordet, weil sie sein Königreich an sich bringen wollten. Im Augenblick danach hatte Gott sie als Strafe für ihre Missetat versteinert, während das Blut das Meer färbte. Dort lebte nunmehr der Übersetzer, am Rand der Heide, umgeben von roten Steinen.

Seinen Gaveau-Flügel hatte er nicht mitgebracht: das Instrument hätte unter dem Klima gelitten. Die Feuchtigkeit würde die Saiten dehnen und die Seele aufweichen. Klavierstimmer kamen nicht mehr auf die Insel: wozu? Die einheimischen Klaviere dienten als Etageren für Photos. Porträts von Vorfahren oder Erinnerungen an Hochzeiten hatten den Platz der Partituren eingenommen. Alles roch nach Bohnerwachs. Die Musik war vergessen.

Der Exgemeinschaftsbesitz Landrieux bestand aus drei miteinander verbundenen strohgedeckten Häuschen. Der Übersetzer brachte seine Katzen, seine Sammlung von Katzen, im Westen unter und sein Bett im Osten. In der Mitte war die Küche. Dort stellte er auf einem Bridgetisch mit von Motten und Zigaretten zerlöchertem Filz eine alte Remington-Schreibmaschine auf. Natürlich würde sie nie seinen Flügel ersetzen (sie hatte nicht die Macht, Couperin zum Leben zu erwecken). Aber sie beschäftigte die Finger.

»Willkommen an Bord«, sagte eine Naturgewalt in einer Soutane zu ihm, als sie im Lebensmittel-Eisenwaren-Zigaretten-Schreibwarengeschäft nebeneinander Charlottenkartoffeln kauften. »Kommen Sie doch mal abends im Pfarrhaus vorbei. Ich bin der Pfarrer.«

Nachdem der Übersetzer lange mit sich selbst diskutiert hatte (erlauben mir meine halb laizistischen, halb protestantischen Überzeugungen, einen Mann der katholischen Kirche zu treffen?), kam er schließlich der Einladung nach.

Der Türklopfer war ein schwerer Delphin aus Kupfer.

»Und wenn ich fragen darf«, sagte der Pfarrer nach zwei Schalen eines Cidre, der schrappte wie ein auf Kies ausrutschendes Fahrrad, »womit gedenken Sie Ihre Tage auszufüllen?«

Das war seine Obsession: das Volumen der Tage. Er wußte aus Erfahrung, daß die Stunden auf einer Insel schwer totzuschlagen, fast unbesiegbar sind. Als würden Raum und Zeit, anderswo Feinde, sich an diesem Ort verbünden, um die Menschen verrückt zu machen.

»Ich werde übersetzen.«

»Übersetzen? Und aus welcher Sprache, wenn du gestattest?«

Der Pfarrer duzte schnell. Die Insel ist ein Schiff, nicht wahr? Und wir sind seine Besatzung …

»Aus dem Englischen.«

Der Pfarrer verzog das Gesicht. England war in dieser bretonischen Region nicht gerade beliebt. Jahrhundertelang hatte es erobert, niedergebrannt, vergewaltigt, abgeschlachtet.

»Könntest du nicht Bücher aus dem Süden oder aus dem Osten wählen, spanische oder chinesische? Diese Völker haben uns nichts angetan, verstehst du?«

Der Umgang mit Cocteau hatte den Übersetzer alle möglichen Schmeicheleien gelehrt, insbesondere die, im richtigen Augenblick den Satz auszusprechen, den jemand hören wollte.

»Übersetzer sind Seeräuber.«

Das rechte Auge des Pfarrers, das, über dem kein schweres, sehr schweres Lid hing, leuchtete auf. Um »seine Tage auszufüllen«, hatte er sich auf die Heimatgeschichte gestürzt, eine bei Geistlichen häufig anzutreffende Gewohnheit. Und er hatte entdeckt, daß unsere liebliche Insel, dieses Stück Paradies, diese gefällige Landschaft mit rosa Felsen und Hortensien, einst furchterregende Krieger zu Wasser hervorgebracht hatte. Kaum im Mannesalter, ließen sie sich von den Amtsgewaltigen des Königs von Frankreich einen »Markbrief« ausstellen. Derart beglaubigt, sprangen sie in ihre kleinen Schiffe und »fielen über das Gesindel (die Engländer) her«. Zugegeben, ein Grund, weshalb diese von Zeit zu Zeit kamen und unseren Archipel säuberten.

»Seeräuber?«

Der Pfarrer erriet noch immer nicht, welche Ähnlichkeiten man zwischen diesen äußerst gewalttätigen Praktiken und dem Übersetzen, einer überaus friedlichen Beschäftigung, sehen konnte. Er mußte aufgeklärt werden.

»Worin besteht die Arbeit des Seeräubers? Wenn ein fremdes Schiff ihm gefällt, entert er es und durchsucht es. Er wirft die Besatzung ins Meer und ersetzt sie durch Freunde. Dann hißt er auf dem höchsten Mast die Nationalflagge. Der Übersetzer tut das gleiche. Er kapert ein Buch, wechselt die gesamte Sprache aus und tauft es französisch. Haben Sie nie gedacht, daß die Bücher Schiffe sind und die Wörter ihre Besatzung?«

»Stimmt, so gesehen ...«

Und der Pfarrer goß sich noch einen Cidre ein, der schrappte wie ein Tag ohne Musik.

Da alles, bis hin zu den in der Beichte geflüsterten Geheimnissen, schnell bekannt wurde, grüßte von diesem Gespräch an jeder in den Gassen und auf dem Platz des kleinen Ortes den Übersetzer, sogar die Marineangehörigen im Ruhestand, die am 18. Juni, dem verfluchten Jahrestag von Waterloo, einen Trauerflor am Revers trugen. Es fehlte nicht viel, und man hätte ihm auf die Schulter geklopft: Viel Glück, lieber Korsar, wir sind mit Ihnen, ach, könnten Sie sich doch ganz England aneignen und uns seine Bewohner ein für allemal vom Hals schaffen!

IV

Die ersten Schritte des übersetzenden Korsaren auf der Insel waren ganz weise und vorsichtig: zunächst nahm er sich nur verstorbener Autoren an. Welche viele gute Eigenschaften hatten, vor allem Unerschütterlichkeit und Geduld. Das Übersetzen ist nämlich eine schmerzhafte Operation, die mit der Chirurgie verwandt ist (man amputiert Sätze, man durchtrennt Sinnzusammenhänge, man transplantiert Wortspiele, man zerreibt, man bindet ab; unter dem Vorwand der Treue verrät und quetscht man). Die verstorbenen Autoren protestierten nie. Und mit in der Ewigkeit Weilenden konnte man sich so viel Zeit lassen, wie man wollte. Man riskierte keine Ordnungsrufe, keine nervös auf das Glas der Armbanduhr pochenden Zeigefinger.

Im Umgang mit diesem reizenden Volk (Henry James, Charles Dickens, Jane Austen) hatte der Übersetzer schlechte Gewohnheiten angenommen. Er arbeitete, wenn die Lust ihn überkam: selten.

Es muß gesagt werden, daß im Gegensatz zu den Befürchtungen des Pfarrers die Stunden auf der Insel ohne Mühe und ohne die geringste Spur von Langeweile verflogen. Jeden Augenblick änderte sich das Licht, und das

Kommen und Gehen der Gezeiten erneuerte unentwegt den Horizont. Man konnte tagelang dasitzen und sich an diesen vergänglichen Landschaften ergötzen. Der ehemalige Städter, der die Fünfzig erreicht hatte, genoß endlich die Natur.

Was sein Zusammenleben mit siebenundvierzig Katzen betraf, so gab es ihm zu denken. Er stellte mancherlei Hypothesen über sie auf, von denen ich hier aber nur zwei anführen werde, da ich weiß, daß diese Tiere mehr als ein Buch verdienten:

1. Zu Anbeginn der Zeit bewohnten die Katzen den Körper der Menschen. Sie waren deren Anteil an Wildheit, ihre Relikte des Dschungels. Jeder Sohn Gottes hatte seine Katze in sich, die seine Freiheit, seine Reserve an Frechheit war. Daher rühren oft unerklärliche Verhaltensweisen bei den Menschen: erschlafftes Schnurren in der Sonne, brutal unterbrochen von überstürzten Fluchten, Hingabe an Liebkosungen, durchkreuzt von Verweigerungen, Wutanfällen, Kratzattacken, grausamen Wunden, so tief und so lange schwärend wie die Eifersucht. Damit wollte die Katze ihrem Gastgeber, dem Menschen, wohl bedeuten, daß nichts je endgültig gewonnen ist und daß man immer wachsam sein muß, sogar beim Ausruhen.

Diese Gemeinschaft war nicht von langer Dauer: Der Mensch trachtete nach mehr Ruhe, die Katze nach weniger Selbstgefälligkeit, weniger Blähungen nach den Mahlzeiten, weniger rührseligem Gegurre vor dem Coitus und weniger groteskem Stolz danach. Kurzum, Unvereinbarkeit der Charaktere. Eines schönen Tages verließen die Katzen den Körper der Menschen, ohne sich deswegen aber aus deren Nähe zu verziehen, da sie sich daran gewöhnt hatten.

2. Die Katzen sind Wörter mit Pelz. Wie die Wörter, so streifen sie um die Menschen herum, ohne sich je zähmen zu lassen. Es ist ebenso schwer, eine Katze in einen Korb zu bekommen, bevor man den Zug nimmt, wie in seinem Gedächtnis das treffende Wort einzufangen und es zu bewegen, seinen Platz auf dem weißen Blatt Papier einzunehmen. Wörter und Katzen gehören zur Rasse der Nicht-Greifbaren.

V

Abends, mehrmals in der Woche, empfing der Übersetzer einen kräftigen jungen Mann, der von seiner Arbeit als Spediteur, seinem ständigen Hin- und Herfahren zwischen dem Hafen und den drei Geschäften des kleinen Ortes am Steuer seines Traktors erschöpft ankam. Sie setzten sich einander gegenüber an den Tisch. Sie sahen sich nicht an, sie sprachen nicht miteinander. Die Schreibmaschine stand wie eine wachsame Anstandsdame zwischen ihnen. Die ganze Nacht tranken sie Rotwein. Am Ende kam es so, daß der Übersetzer leise knurrte, er schnurrte. Gegen drei oder vier Uhr morgens stand er leicht schwankend auf, kniete sich zu Füßen des Spediteurs nieder, zog ihm die Socken aus und wusch sie für ihn im Ausguß.

VI

Auf unserer Insel gibt es eine große Zahl von Lehrern: wenn man schon den Vorteil langer Ferien hat, kann man sie auch gleich in einem irdischen Paradies verbringen. Ende Juni nimmt man einen Berg Unterlagen mit und tut so, als schreibe man das definitive Werk über ein Thema, das keinen Menschen interessieren wird.

Zu diesem Volk von Gelehrten, diesen Flaneuren der Forschung, gehörte Jean-Paul, der andere Freund des Übersetzers. Er war rundlich und nicht sehr groß; in seinen Augen flackerte zuweilen höchste Not auf, so als drehte sich in ihm ein Leuchtfeuer, um ihn vor schlimmer Gefahr zu warnen.

Sie hatten sich kennengelernt, wie man sich unter Nachbarn eben kennenlernt: Eines schönen Tages, just vor dem Abendessen, wenn das einzige Geschäft im Ort schon seit Stunden geschlossen ist, fehlt dem einen Salz oder das Ei für die Mayonnaise, und der andere – »Na, so was, das trifft sich gut, ich hatte größte Lust, Sie kennenzulernen« – öffnet seine Speisekammer und schlägt vor, einen zu trinken: »Das müssen wir feiern, ja?«

Wie man weiß, hat das Europa des 17. Jahrhunderts das Verschwinden der lateinischen Sprache schlecht verkraftet. Es ahnte, daß die Zeit nahte, in der man sich, da dieser bewährte Vektor verlorengegangen war, nicht mehr von Amsterdam bis Bologna, von Salamanca bis Heidelberg oder Oxford verstehen würde. Eine um so traurigere Zunahme der Undurchsichtigkeit, als zur gleichen Zeit die Vernunft eine Treibjagd auf die Nebel der Religiosität und des Aberglaubens veranstaltete. So entstand bei den Philosophen und bei dem bedeutendsten von ihnen, Descartes, die Idee, »eine sehr leicht zu erlernende, auszusprechende und zu schreibende Universalsprache« zu erfinden, »die, was am wichtigsten ist, dem Urteilsvermögen behilflich sein soll, indem sie ihm alle Dinge so deutlich darstellt, daß es fast unmöglich ist, sich zu irren«.

Wir klassifizieren die Oberbegriffe, leiten die mit ihnen verbundenen Begriffe ab, beschreiben das Ganze mit einer einfachen Kombination von Buchstaben oder Zeichen, und die Sache ist erledigt! Vergessen die Sehnsucht nach dem Latein! Von der wahren Philosophie erleuchtet, würde die Menschheit übereinstimmen wie nie. Beispiel: *N*: die Lebewesen; *Nn*: das Tier; *Nnk*: der Vierfüßler; *Nnka*: das Pferd.

Unser Forscher, Jean-Paul, studierte seit nunmehr fast zehn Jahren drei Beispiele dieses Abenteuers der Aufklärung:

– 1668, John Wilkins, englischer Bischof, Schwager von Cromwell: *»A real character and a philosophical language«*. Vierzig Klassen von Oberbegriffen. Von der Königlichen Akademie mit Beifall zur Kenntnis genommen.

– 1797, Jean de Maimieux, Paris: »*Traité de pasigraphie ou premiers éléments du nouvel art-science d'écrire et d'imprimer en une langue de manière à être lu et entendu dans toute autre langue sans traduction*« (zwölf Hauptzeichen).

– Und Jean Sudre, den spätesten, aber kuriosesten, den Erfinder des *Solresol*, der Weltsprache, die die Musiknoten verwendet (1868).

Die Besuche des Übersetzers begannen immer auf die gleiche Weise: ein Kratzen am Gartentor. Er näherte sich mit gesenktem Blick, die Füße nach innen gedreht, und seine Hände kneteten seine Strickmütze – das Inbild der Krankheit Schüchternheit: »Störe ich auch nicht?«

Sie setzten sich ziemlich weit auseinander auf das Mäuerchen aus grauem Granit und redeten, ohne sich je anzusehen. Sie starrten auf einen Punkt, irgendwo auf dem Rasen, zwischen dem Löwenzahn. Die menschliche Sprache war mehr als ihr Lieblingsthema, sie war der Held der einzigen Abenteuer, die sie wirklich interessierten. Auf der Wiese nebenan ließen Kinder Drachen steigen.

»Kennen Sie George Steiner?«

»Wen werden Sie mir diesmal vorstellen?«

»Den absoluten Flaneur, den Landvermesser all unserer gegenwärtigen und vergangenen Kulturen. Augenblicklich beendet er ein verrücktes Projekt: das Porträt der Erde nach Babel. Seiner Ansicht nach beschreibt die Sprache der Hopi-Indianer in Arizona vortrefflich das Universum der modernen Physik, der Quantenmechanik und der Relativitätstheorie. Zum Beispiel hat sie es nicht für nötig befunden, ein Wort für die Zeit zu erfinden. Für sie ist jede Bewegung unbeständig, unsicher, vergänglich, vom Auge des Betrachters modifiziert.«

Der Übersetzer stand abrupt auf, ging einige Sekunden lang auf der Allee hin und her, brummte mehrmals: »Aufregend, wirklich aufregend«, und setzte sich wieder.

Manchmal war es Jean-Paul, der die Diskussion unterbrach, um hineinzugehen und mit seiner Frau zu telefonieren. Ein »normaler« Beruf, Augenärztin (nur vier Wochen Urlaub), hielt sie in Paris fest, wo ihr Mann sie fast stündlich anrief.

Der Übersetzer wäre am liebsten im Erdboden versunken, so heiß wirkte das Gespräch der Eheleute, zumindest des männlichen Teils, den er mitbekam. Er wand sich, er errötete, doch dann nahm er sich zusammen und spitzte die Ohren: Schließlich arbeitete er am *Bildnis einer Dame* von Henry James. Genausogut konnte er die Gelegenheit nutzen, um sich über die weibliche Welt zu informieren, von der er so wenig wußte …

Jean-Paul kam mit einem gerührten Lächeln auf den Lippen aus dem Haus.

»Sie fühlt sich sehr allein, die Arme. Zumal sie dort die Hundstage haben. Wo waren wir stehengeblieben?«

»Glauben Sie, daß das Englische am Ende alle anderen Sprachen töten wird?«

»Es wird sich zuerst selbst töten. Wenn man sich ausbreitet, verarmt man nur.«

»Und das Chinesische? Ist die Logik der Ideogramme mit dem Binärsystem der Informatik kompatibel?«

VII

Eines Abends nach dem Essen nahm der ewige Doktorand den Übersetzer mit auf den zweithöchsten Punkt der Insel, die Kapelle des heiligen Michael, sechsundzwanzig Meter über einem fast schwarzen, nur von den helleren Streifen der Strömung geriefelten Meer. Ein Dutzend kleiner weißer Schlafanzüge war vor ihnen angekommen und saß brav rund um das Kreuz.

»Wie heißt denn die kleine Insel da drüben, hinter dem vor Anker liegenden Fischkutter?«

»Beniguet, Monsieur.«

Ein Erwachsener, vierschrötig und bärtig, stellte die Fragen. Im Halbdunkel hoben sich Finger, wie in der Schule, und kristallklare Stimmen antworteten.

»Und die da, in der Achse des Glockenturms, falls ihr noch etwas erkennen könnt?«

»Maudez.«

»Sehr gut. Wenn ihr morgen mit den Kajaks unterwegs seid, vergeßt nicht all die anderen, die unsichtbaren Felsen, die die Bootswand aufreißen.«

Der Doktorand beugte sich zu seinem Freund und murmelte, um die Unterrichtsstunde nicht zu stören:

»Vor uns die Ruinen des Turms von Babel ...«

Mit einer langsamen Handbewegung zeigte er auf das Archipel, die Dutzende im Wasser verstreuten Massen bis hin zum Horizont, wo jetzt, immer schneller, die Sonne sank.

»Wissen Sie, wie viele Sprachen heute noch auf der Welt gesprochen werden?«

Zweimal schwenkte der Kopf des Übersetzers hin und her. Zahlen hatte er für immer aus seinem Leben gestrichen.

»Mindestens fünftausend. Hundertneunzig davon allein in Mittelamerika. Philologie bedeutet nicht Wissenschaft von den Wurzeln, sondern Liebe zum Logos. Eines Tages werden sich all diese Stücke wiedervereinen. Und der Logos wird seine Einheit wiedererlangen.«

Der Übersetzer sagte sich erleichtert, daß er bei der vorhersehbaren Dauer seiner Existenz weder den »wiedervereinten Logos« noch die zwangsläufig mit ihm einhergehenden Schrecken je erleben würde: eisige Transparenz, ewiges Schweigen, ganz abgesehen von der Wegrationalisierung der Übersetzer und Dolmetscher. Wahrhaftig, ein langes Leben, das längstmögliche Leben den Ruinen von Babel!

Die weißen Schlafanzüge rannten den Hang hinunter und wurden mehr schlecht als recht von ihrem Archipellehrer verfolgt.

»Vorsichtig!« schrie er aufgeregt. »Seid doch vorsichtig!«

Zwischen seinem Gebrüll hörte man ihn immer wütender und atemloser vor sich hin brummen:

»Wozu bringt man diesen kleinen Idioten das Meer

bei, wenn sie sich auf festem Boden die Knochen brechen?«

In dieser Nacht konnte der Rotwein die Traurigkeit des Übersetzers nicht lindern. Er nahm ein Buch aus dem Lattenkisten-Stapel, der ihm als Bücherregal diente, und las bis in die Morgendämmerung laut, sehr laut La Fontaine …

Il est un singe dans Paris
A qui l'on avait donné femme.

»Hört«, sagte er zu seinen Katzen, »sperrt all eure Ohren auf und hört eine Sprache, die bald tot sein wird.«
Die Katzen nickten verständnisvoll.

VIII

Alltag eines Nobelpreisanwärters

In der Schweiz werden Passagierdampfer, kaum daß sie fertiggestellt sind, auf festen Boden gehievt und verwandeln sich in Nobelhotels. Das dortige Verfahren bietet viele Vorteile, unter anderen den folgenden: Die Reisenden leiden nicht unter Seekrankheit. Da die meisten dieser Reisenden überdies alt sind, der Horizonte überdrüssig, des Laufens müde und sich nur nach Ruhe sehnen, haben sie nichts gegen diese Unbeweglichkeit. Die Gäste finden dort, was sie seit jeher kennen: den Charme der langen Flure, das Halbdunkel der Laufgänge, die überladenen Salons, die Mahlzeiten mit Musik, und diese Atmosphäre einer immerwährenden Kreuzfahrt genügt ihnen.

An Bord eines dieser Landpassagierdampfer, dem *Palace* in Montreux, lebte der Schriftsteller Vladimir.

Und dort, am Wasser, paradierte er.

Während seines täglichen Spaziergangs am späten Nachmittag ging er, seine Frau Vera am Arm, mit trotz seines Alters und seiner Korpulenz flottem Schritt über den Landungssteg des kleinen Hafens, schob die Boote beiseite, beugte sich vor und fragte, wobei er sich im Genfer See spiegelte, auf russisch: »Wer verdient den Nobelpreis mehr als ich?«

Der See gehört einem neutralen Land an: Er versteht es, sich ausweichend zu verhalten, wenn es sein muß. Zumal Genf, eine andere Stadt an seinem Ufer und eine Konkurrentin von Montreux, oft einen anderen, ebenso gern paradierenden Superstar der Weltliteratur beherbergte, den Argentinier Borges. Um keinen zu kränken, wisperte der See eine undeutliche Antwort, und das Paar machte sich ein wenig aufgeheitert auf den Weg zum allabendlichen steifen Whisky (den es in einer Teekanne verbarg).

Vera und Vladimir wußten, daß die Akademie in Stockholm zuweilen entdeckt, aber häufig bestätigt: Je heller man über das Universum strahlt, um so mehr Chancen hat man, ausgezeichnet zu werden. Von jeher galt deshalb ihre besondere Aufmerksamkeit den Vermittlern des Strahlens: den Übersetzern.

Empfänger: Hutchinson & Co
Absender: Vladimir Nabokoff-Sirine
Nestorstraße 22
Berlin-Halensee

22. Mai 1935

Sehr geehrte Herren,
vielen Dank für Ihren Brief vom 15. Ich habe vermerkt, daß die Übersetzung im Druck ist und daß ich einen Satz Fahnen bekommen werde. Ich habe gewiß nicht die Absicht, überflüssige Korrekturen vorzunehmen, und ganz allgemein möchte ich keinerlei Verzögerung verursachen. Meine Ansprüche sind

sehr bescheiden. Von allem Anfang an habe ich versucht, eine präzise, vollständige und korrekte Übersetzung zu bekommen. Ich frage mich, ob Mr. Klement Sie über die Fehler informiert hat, die ich in der Übersetzung gefunden habe, die er mir schickte. Sie war ungenau, formlos, schlampig, voller Schnitzer und Lücken, ohne Kraft und Schwung und in einem so farblosen, platten Englisch hingeknallt, daß ich sie nicht zu Ende lesen konnte; all das ist recht hart für einen Autor, der in seiner Arbeit absolute Genauigkeit anstrebt, die allergrößte Mühe aufwendet, um sie zu erreichen, und dann feststellen muß, daß der Übersetzer in aller Ruhe jeden verdammten Satz kaputtmacht.

Und fast dreißig Jahre später folgendes:

Empfänger: The International Herald Tribune
57, promenade des Anglais
Nizza

25. Februar 1961

Sir,
ich bin im Begriff, mich in einen Vernichtungskrieg gegen schlechte Übersetzer von Rang zu stürzen …
Mit vorzüglicher Hochachtung.

Überall auf der Welt quälten sich Unglückliche mit *Fahles Feuer, Lolita, Sebastian Knight* oder *Die Nadel der Admiralität* (Preis des Playboy 1975), sie holten das Letzte aus sich heraus, um Transparenz, Flügelgeflatter, vergängliche Melodien wiederzugeben: Wie kann man der ungetreusten, nomadisierendsten und am meisten Beute machenden Sprache des Jahrhunderts treu bleiben?

Sie hätten wirklich ein bißchen Dankbarkeit erwarten können. Doch ach!

Regelmäßig pfiff Vladimirs Peitsche durch die Luft, eine schreckliche Chambriere mit Riemen aus dem Leder des Miurastiers. An irgendeinem abgelegenen Ort des Planeten (einer mit Wörterbüchern vollgestopften ärmlichen Küche, die alle fünf Minuten unter dem Dröhnen des Kühlschranks erbebte, einem im Regen triefenden, von Agapanthuslilien umstandenen Schuppen oder einer in der Avenue de Choisy im 13. Pariser Arrondissement auf einem Turm nistenden 2-ZKB-Wohnung) verzog dann ein Übersetzer, das designierte Opfer des Tages, das Gesicht, biß die Zähne zusammen, schluckte seine Tränen hinunter, zerriß seine zweiundzwanzigste Fassung des 16. Kapitels von *Lolita* und machte sich an die dreiundzwanzigste.

Zufrieden löschte Vladimir seinen Durst an der Teekanne.

»Duschka, meine Seele, möchtest du ein Schlückchen Earl Grey pure malt?«

Und in der besternten schweizerischen Nacht trieb der Passagierdampfer Nabokov über die Alpen den Ländern des reinen Ruhms entgegen. Wen kümmert unter den Erzengeln ein armseliger kleiner Nobelpreis?

IX

Librairie Arthème Fayard
Der Generaldirektor

Monsieur Gilles C.
Insel B.

10. Oktober 1969

Monsieur,
die Hochachtung, die wir für Ihre Arbeit hegen, veranlaßt uns, Ihnen die französische Übersetzung des letzten Opus des russisch-amerikanischen Schriftstellers und Nobelpreisanwärters Vladimir Nabokov anzubieten. Es geht um die Chronik einer Familie und eines Inzests mit dem Titel Ada or Ardor. *Der Autor, der nicht gerade an Bescheidenheit leidet (aber Sie kennen ja die Autoren), spricht folgendermaßen darüber: »Nichts in der Weltliteratur – außer vielleicht die Erinnerungen des Grafen Tolstoi – kann es an reiner Freude, arkadischer Unschuld mit den Kapiteln dieses Buchs aufnehmen.«*

In der Hoffnung, daß Sie diesen Vertrauensbeweis zu würdigen wissen …
(Gedrechselte Höflichkeitsformel.)

Charles Orengo

P. S.: Neben dem Vertragsangebot finden Sie beiliegend den ersten Scheck, der die Tatsächlichkeit bescheinigt.

P. P. S.: Da Monsieur Nabokov noch nicht dem unendlich geduldigen Volk der Verstorbenen angehört, erlauben wir uns, um eine Beschleunigung Ihres Tempos zu bitten.

Verblüfft drehte und wendete unser Gilles das Schreiben und seine gewissermaßen klingende, vollwichtige Beilage. Seit Übersetzergedenken hatte man noch nie so viele flüssige Mittel vor der Übergabe von mindestens hundert sorgsam zweizeilig getippten Seiten gesehen. Ohne Zweifel rückte der Nobelpreis näher, und der Verleger wollte die donnernde Werbung nicht verpassen, die mit ihm einhergeht.

»Scheffeln wir ruhig«, sagte sich der Übersetzer, »und loben wir Gott.«

Seit langem hatten die baufälligen Dächer jeden Ehrgeiz aufgegeben, den Regen abzuhalten. Trotz der hier und da unter den Hauptlecks aufgestellten Wannen verdarb ständige Feuchtigkeit alles in den strohgedeckten Hütten, den Charakter der Katzen eingeschlossen. Der Scheck würde es ermöglichen, die Wasserdichtheit wiederherzustellen, auf die jedes Lebewesen ein Anrecht hat.

Der Übersetzer eilte zur Post, reichte den Scheck ein und verlangte Paris.

»Kabine zwei«, wies ihn die Vorsteherin ein.

»Ich nehme an«, rief er etwas zu laut in den Apparat.

»Sie merken, daß er, statt des Postwegs zum Postkartentarif, jetzt das Telefon benutzt. Hat der sich aber verändert«, vertraute der Verleger seiner Assistentin an, während er den Hörer auflegte. »Unser Inselbewohner hat endgültig das Reich der Langsamkeit verlassen!«

Diese Bemerkung beweist wieder einmal, daß Optimismus trügen kann.

Am Abend wurde bei dem Übersetzer gefeiert. Garnierter Rinderbraten für die Katzen, ein guter Bordeaux für den Freund mit den Socken.

Das Drama begann erst am nächsten Tag, als der Übersetzer die anderen Dokumente zur Kenntnis nahm, die dem Paket von Arthème Fayard beigelegt waren: neben dem zu übersetzenden Meisterwerk einige Briefe des Autors, die über seine Persönlichkeit Aufschluß gaben.

Nun mag Ihnen das folgende kleine Problem vielleicht belanglos erscheinen, aber mir bereitet es Sorge. Ich fürchte, daß der Satz »Mr. Nabokov ist ein zweiter Pasternak« eine journalistische Entstellung ist. Es wäre vielleicht korrekt, es wie andere auszudrücken, nämlich daß Pasternak der beste sowjetische Poet ist und Nabokov der beste russische Prosaautor, aber damit endet der Vergleich.

»Oh, oh«, sagte sich unser Freund, »der Kunde wirkt nicht gerade umgänglich.«

Von den schlimmsten Vorahnungen erfüllt, las er weiter.

Um also zu verhindern, daß irgendeine wohlgemeinte Werbung in diese falsche Kerbe haut, möchte ich meine Vorbehalte gegen Doktor Schiwago *zum Ausdruck bringen. Der Roman mag zwar von höchstem menschlichen Interesse sein, ist aber künstlerisch armselig und gedanklich überaus platt. Seine politischen Aspekte interessieren mich nicht; ich kann mich nur mit der künstlerischen Seite dieses oder jedes anderen Romans befassen. Unter diesem Gesichtspunkt ist* Doktor Schiwago *eine betrübliche, ungeschickte, melodramatische Angelegenheit mit stereotypen Situationen und banalen Figuren. Hier und da findet man eine Landschaft oder eine Metapher, die an den begabten Dichter Pasternak erinnert, aber das genügt nicht, um den Roman vor der für die sowjetische Literatur der letzten vierzig Jahre so typischen provinziellen Banalität zu retten.*

(Brief an George Weidenfeld vom 12. Januar 1959)

Der Übersetzer hatte seine Seemannsmütze abgenommen und massierte seinen kahlen Kopf – bei ihm ein Zeichen höchster Verwirrung.

»Du lieber Gott, ich bin an einen Wahnsinnigen geraten!«

Kommen wir nun zu dem Schmetterling auf der Titelseite, er hat den Kopf einer Zwergschildkröte, und das Muster auf seinen Flügeln ist das des gewöhnlichen Kohlweißlings (wohingegen das Insekt in meinem Gedicht eindeutig als einer Gruppe von kleinen blauen Schmetterlingen mit gepunkteten Flügelunterseiten zugehörig beschrieben wird), was im vorliegenden Fall so sinnlos ist, wie es die Zeichnung eines Thun-

fischs auf einem Umschlag von Moby Dick *gewesen wäre. Ich will ganz klar und offen sein: Ich habe nichts gegen Stilisierungen, aber ich habe etwas gegen stilisierte Ignoranz.*

(Brief an Pyke Johnson jr. vom 15. März 1959)

»Lieber Gott, befreie uns von den lebenden Autoren! Und dieser hier scheint mir in der Kategorie der Lebenden die Palme davonzutragen. In welche Patsche bin ich da geraten? Sehen wir uns jetzt mal die *Ada* an. Es fehlte nur noch, daß seine tolstoische Chronik unübersetzbar ist!«

Das Werk begann ruhig in einem gut bekannten Ton: *»Alle glücklichen Familien unterscheiden sich mehr oder weniger; alle unglücklichen ähneln sich mehr oder weniger.«* Doch zwei Seiten weiter, nach den unvermeidlichen genealogischen Vorstellungen, die Romanen eine Ähnlichkeit mit vom Hals bis zu den Fesseln zugeknöpften Frauen verleihen, so sehr nagt die Ungeduld an einem, zur Sache zu kommen, schwang der Autor sich auf, ließ sich von einem Bild zum nächsten tragen, nippte an Erinnerungen: Heiratsantrag in einem Fahrstuhl, Reise nach Damaskus, gehörnter General, Edelweiß, Lektüre von Proust, die einen Geschmack von Türkischem Honig hinterließ (*sic!*).

Wie sollte man den beflügelten Gang der Erzählung durch diesen Krimskrams auf französisch wiedergeben, wie diese Leichtigkeit, diese Freiheit, diesen Einfallsreichtum eines aus der Welt Honig saugenden Schmetterlings übertragen?

Denn der Schrecken bestand darin: Durch ständiges Verfolgen der Lepidopteren mit dem Netz in der Hand hatte der charakterlich schwierige Nobelpreisanwärter sein Schreiben mit ihrer Anmut durchtränkt.

X

Auf diesen Augenblick, auf dieses überwältigte und bestürzte Lesen geht die Verschlimmerung der Krankheit des Übersetzers zurück. Wie wir wissen, lag es nicht in seiner Natur, das Tempo zu beschleunigen. In diesem Punkt hatten seine Erzieher der École alsacienne eines ihrer Lehrziele verfehlt, nämlich dem Kind einen gewissenhaften Geiz in Sachen Zeit (sie nie verlieren) und die zähneklappernde Furcht vor dem Gott Termin beizubringen. Diesmal aber nahm der Rückstand sogleich katastrophale und wahrscheinlich nicht wiedergutzumachende Ausmaße an. Der wundersame Scheck und das verflixte Meisterwerk waren im Oktober 1969 angekommen. Drei Jahre und fünf Monate später gab es noch nicht einmal einen Anfang der Übersetzung.

Jeden Morgen beim Aufstehen, nachdem der Kaffee den wilden Kampf gegen die vom Rotwein der Nacht erzeugten Nebel aufgenommen hatte, besuchte der Übersetzer seinen Gewissensbiß, die unerträgliche Ada. Er hatte sie auf einem Regal in der Hütte der Katzen untergebracht. Auf sie pinkelten sie, an ihr wetzten sie die Krallen. Unser Freund ergötzte sich an dieser innigen Beziehung. Er sah darin die beste Vorbereitung für die kommende Arbeit. Dann ging er in das Hauptgemäuer zurück, strich um den Bridgetisch herum, auf dem die Schreibmaschine ruhte. Mit den präzisen Fingern des ehemaligen Pianisten streichelte er nacheinander die Tasten der tragbaren alten Remington ohne den Buchstaben P, murmelte »Später« und ging davon, um mit seinem Freund Denis, dem besten Riesenhummerfischer der Welt, über allerlei, den Milchpreis oder die Wetteraussichten, zu sprechen.

Fügt man hinzu, daß er hier und da in ein paar Illustrierten über das Rußland vor 1917 sowie in einer Biographie über den Grafen Tolstoi blätterte, hat man eine fast vollständige Beschreibung seiner übersetzerischen Aktivitäten. Zum Leben genügten die paar von seinen Neffen geschickten Francs, die ihrerseits Anhänger der Insel geworden waren, wo sie trotz des Katzengestanks die längstmöglichen Ferien verbrachten.

XI

Drei Jahre und fünf Monate.

Schwäche, Gleichgültigkeit oder gottgleiche Geduld: Wie soll man Arthème Fayards schweigendes Warten erklären?

Der Übersetzer bemühte sich, nicht an den Verleger zu denken. Was ihm übrigens einwandfrei gelang. Er hatte sich ein für allemal gesagt, daß man in Paris um den Ausnahmecharakter von Nabokovs Buch wußte. Beim Zähmen eines derartigen Ungeheuers bedeutete die Zeit nichts ...

Im Oktober, wenn die Nobelpreisakademie ihren Preis verleiht, legte sich ihm eine leise Angst auf den Plexus. Sie ging schnell vorbei. Auch die Schweden wußten, daß es nicht eilte. 1970 hatten sie Solschenizyn gewählt, 1971 Neruda, 1972 Böll. Der russisch-amerikanische Schweizer würde später an die Reihe kommen.

Arthème Fayard hatte völlig recht, sich nicht zu beunruhigen.

Von Zeit zu Zeit kamen zwar Briefe mit den wohlbekannten Initialen »A. F.« an. Aber wozu sich die Mühe machen, sie zu öffnen? Verleger haben die Manie, einen mit Prospekten zu überschütten, die, verbunden mit lächerlichen Übertreibungen, ihre letzten Neuerscheinungen vorstellen. Als hätte der Übersetzer eines Buchs wie *Ada* Zeit, sich für etwas anderes zu interessieren!

»Gilles, meine Vorgesetzte möchte Sie gern sprechen.«

An diesem Tag im April 1973 hatte unser Freund gerade, wie an jedem Mittwoch, im Lebensmittel-Eisenwaren-Arzneimittel-Zigaretten-Zeitungsladen seinen rituellen Milchreis gekauft. Der hochaufgeschossene Mensch, der diesen beunruhigenden Satz gesprochen hatte, war seines Zeichens Briefträger, aber für ihn zählte nichts als seine literarische Berufung. Damit sie niemandem entging, hielt seine linke Hand bei jeder Gelegenheit ein Buch aus dem Verlag Gallimard, sogar wenn er auf seinem überladenen Fahrrad stolz von einem Ende der Insel zur anderen radelte. Dieser Mann bewunderte und beneidete Gilles glühend: Werde auch ich vor meinem Tod meinen Namen auf einem Buchdeckel gedruckt sehen?

Seite an Seite kamen sie an der Post an, einem unter Geranien verborgenen Häuschen.

In Mademoiselle Tévennecs Büro, neben einem Plakat, das die Vorteile der Sparkasse anpries (»Sicherheit gepaart mit Freiheit«), wachte, wie bei dem Notar, Ernest Renan, der Freund der Vernunft, der Fortschrittsgläubige.

»Armer Gilles, diesmal kann ich nichts mehr für Sie tun ...«

Mit ihrem zu stark gesprayten Haar, ihrer beigen, von Spitze durchbrochenen Bluse und einer Seepferdchenbrosche am Revers der Jacke sah sie aus wie eine Großmutter am Festtag. Nur daß das Fest von einer schlechten Nachricht verdorben wurde.

Die Poststellenleiterin schlug mit den Handflächen auf ihre braune Schreibunterlage. Ihre blauen Augen drückten die alleraufrichtigste Untröstlichkeit aus.

»Ein Anruf aus Paris. Aus den höheren Sphären.« (Mit dem Zeigefinger deutete sie an die Decke oder in den Himmel.) »Ihr Verleger droht damit, den Postdienst zu verklagen. Ihr Schweigen trotz seiner Mahnungen kann er sich nur damit erklären, daß die Briefe verlorengehen.«

»Seine ... Mahnungen ...? Ich verstehe nicht«, stammelte der Übersetzer.

Sie schüttelte immer verzweifelter den Kopf. Ihre rechte Hand verschwand, öffnete eine Schublade und kam mit einer Carrefour-Plastiktüte wieder hervor, die von Umschlägen überquoll.

»Hier sind alle Briefe an Sie, Gilles. Sie können sich bei dem Briefträger da bedanken. Er hat sie Gott weiß wo wieder hervorgeholt. Darin finden Sie auch die letzten Sendungen. Ich habe sie aufbewahrt. Wozu hätten sie Ihnen wieder zugestellt werden sollen?«

Ihre Stimme war sanfter geworden, als spräche sie auf einmal zu einem Kind.

»Viel Glück, Gilles. Wir haben Sie beschützt, so gut wir konnten. Aber wenn wir auch eine Insel sind, angesichts eines echten Pariser Zorns sind wir gezwungen nachzugeben.«

XII

An jenem Tag prickelte die Aprilluft wie der Morgen nach einer Liebesnacht. Man hätte meinen können, die Insel würde gleich zu pfeifen beginnen. Vielleicht würde sie sogar einen Tanzschritt andeuten? Im Ort huschte ein blasses Lächeln über das Gesicht auch der rauhsten Bretonen. Wer diese anziehende Rasse kennt, weiß, daß sich in diesen Landstrichen so die überschwenglichste Fröhlichkeit manifestiert. Die Ginsterbüsche an den Straßenrändern waren gelb gesprenkelt, und der sich aufrichtende Schaft der Agapanthuslilien nahm eine Haltung an, die die Kirche verdammt hätte, wenn sie anderswohin als in den Himmel geschaut hätte. Mit welchem Recht erlaubt sich ein Pariser Verleger, jenes Fest zu verderben, das die Ankunft des Frühlings in B., Département Côtes-du-Nord, ist?

Der Übersetzer war auf der Vauban-Brücke stehengeblieben, die die beiden Hauptteile der Insel verbindet. Unter ihm pickten Möwen im Seegras herum. Selbstverloren, gleichgültig für die Leute, die ihn im Vorbeigehen grüßten, stand er unschlüssig da. Schließlich machte er die Plastiktüte von Carrefour auf und griff aufs Geratewohl eines der zahllosen Schreiben heraus.

Librairie Arthème Fayard
Der Literaturlektor

Paris, 22. Mai 1971

»Literaturlektor«, brummte er. »Warum nicht gleich der Pförtner? Bin ich des Generaldirektors nicht mehr würdig?«

Monsieur,
bei der Durchsicht meiner Post der letzten Monate finde ich keine Spur von den in Ihrem Vertrag vorgesehenen 100 (in Worten: hundert) Seiten.

In der Gewißheit, daß es sich wieder um eine Schlamperei der Post handelt, die doch eigentlich vom Schrifttum lebt, bitte ich Sie, die notwendigen Nachforschungen anzustellen.

Mit freundlichen Grüßen

Die anderen Briefe waren von der gleichen Sorte.

In diesem Augenblick wurde ihm eine neue Freundschaft angetragen.

Nach der Steigung zum Signalmast war er stehengeblieben, um Atem zu schöpfen. In der einen Hand hielt er seinen Einkaufskorb mit dem Üblichen (Schinken, Charlottenkartoffeln und zwei Flaschen »Samt für den Magen«) und in der anderen die Plastiktüte von Carrefour. Er wandte den Kopf. Durch den Filter einer Jasminhecke beobachtete ihn ein Frauengesicht mit noch nie erlebtem Wohlwollen.

»Guten Tag, Gilles, Sie scheinen bei diesem glorreichen Wetter sehr bekümmert zu sein.«

Er war ihr schon oft begegnet. Die Dame war eine geborene Saint-Exupéry und sprach mit einer hingerissenen, zarten Stimme, als wäre die ganze Welt nur Staunen.

In einer Geste der Ohnmacht, gleichsam einem Tribut an die conditio humana, hob der Übersetzer seine beladenen Arme.

»Würden Sie mit mir zu Mittag essen?« schlug die Dame vor. »Ich bin hier, um den Sommer vorzubereiten. Sie wissen ja, wie die Gärten sind. Kommen Sie, erzählen Sie mir von Ihren Sorgen.«

Einen Moment lang dachte der Übersetzer an seine Katzen: Durfte er sie im Stich lassen?

Er sagte sich, daß Zusammenlebenden ein bißchen Ungewißheit nur guttun könne.

XIII

Gärten und Pole

Sie und ihr Mann lebten weit auseinander.

Er erforschte die Pole, sie wartete von Mal zu Mal auf seine Rückkehr.

Er gehörte zu den Seeleuten, die sich entschieden haben, auf unbewegten Meeren zu fahren und es mit furchtbaren, aber erstarrten Stürmen aufzunehmen: Mit anderen Worten, seine Domäne war das Eis. Er leitete wissenschaftliche Expeditionen am Südpol. Er bohrte mitten im Weiß tiefe Löcher, und von den unbefleckten Karotten, die er herauszog, las er die Geschichte unseres Planeten ab. Das Eis ist unser Gedächtnis: In ihm ruhen die zuverlässigsten Archive unserer früheren Klimaten. Er hielt sich monatelang an einer Stelle auf, die Dumont d'Urville ein Jahrhundert zuvor Pinguinopolis, aber auch, zu Ehren seiner Frau, Adélie-Küste genannt hatte. Diesen Dumont, einen liebevollen und kühnen Seefahrer, schmückte noch ein anderes Ruhmesblatt: Er war es, der 1837 die *Venus von Milo* aus Griechenland mitgebracht hatte. Hatte der Marmor ihn vielleicht ermüdet? Jedenfalls zog er das Packeis vor.

Währenddessen langweilte sich die Gattin des glaziologischen Kapitänleutnants in Frankreich zu Tode. Aus einer Familie von Fliegern kommend, verstand sie das Abenteuer. Doch gerade deswegen brauchte sie selbst auch ihr Teil Erkundung. Und unter der düsteren Masse von Tagen und Tagen ohne Mann wollte sie wieder Rhythmen, Sinn, Zyklen finden. (Gewiß, sie hatte Kinder. Aber genügen sie einer Frau jemals?)

Wer, der Mann oder die Frau, hatte als erster die gute Idee?

Die Frage wird ohne Antwort bleiben, da jeder – stur und unanständig, wer sein Wort zurücknimmt – die Vaterschaft (Mutterschaft) beansprucht.

Ein häufiger Streit bei Paaren, die sich gut verstehen.

Eines Tages hatte sie auf den gelblichen Rasen geschaut, der von ihrem Haus bis zum Meer hinunter verlief, so etwas wie eine von dürstenden Margeriten gesäumte Strohmatte: Es war kurz nach dem Zweiten Weltkrieg, der Himmel wollte wohl, daß ihm verziehen wurde, das Barometer stand immer auf Schön. Es regnete im Sommer nicht mehr. Sie hatte geseufzt: »Und wenn ich aus dieser bretonischen Katastrophe ein Meisterwerk machen würde?« (Version der Ehefrau.)

Eines Tages, als er wie immer Gefangener seiner Eismassen war, hatte der Mann an seine Frau gedacht: »Ich meine es wirklich gut mit ihr. Welche (statthafte) Tätigkeit könnte sie während meiner Expeditionen ausfüllen?« Und da war ihm die Idee mit den Pflanzen gekommen. Es muß gesagt werden, daß es seiner Umgebung an Flora mangelte.

»Liebling, du solltest unseren Bürstenteppich in ein botanisches Wunder verwandeln, das mich bei jeder Heimkehr überglücklich machen würde.« (Version des Ehemanns.)

Tatsächlich boten die Arbeit und der Umgang mit Pflanzen viele Vorteile für eine Seemannsfrau: Sie besänftigten den Körper und schärften zugleich die Sinne, sie entwickelten die Sensualität und bewahrten sie zugleich vor außerehelichem Sex. (Version des Erzählers.)

Wie auch immer, Madame geb. Saint-Exupéry las die großen Autoren: Goethe (*Die Wahlverwandtschaften*), William Robinson (*Notes on the Wild Garden*), Gertrude Jekyll (*The Main Hardy Flower Border*), Vita Sackville-West (*Aus meinem Garten*) und besonders Russel Page, 1906-1985 (*Die Erziehung eines Gärtners*). Sie verbrachte die Winter damit, in Pflanzenkatalogen zu blättern (Croux, Delbard, Pajotin, Ellebore) und ruinierte sich damit. Sie pflanzte, scheiterte, pflanzte von neuem. Und wurde allmählich eine Gärtnerin von großem Wissen.

»Davor«, sagte sie, »war ich wie die anderen Sommergäste. Ich kam erst Ende Juni, wenn der Tisch schon gedeckt war, wenn der Stechginster blühte und die Hortensien schön aufgeplustert waren. Wie sollte ich unter diesen Bedingungen einen Garten anlegen, wo die Natur bereits für mich entschieden hatte? Ich verpaßte das Wesentliche: den Februar, wenn alles sich vorbereitet, den März, wenn der Frühling im Anzug ist.«

Der Übersetzer war genau der gleichen Meinung. Aber die Zeit war gekommen, seine Sorgen zu erklären. Er beschrieb die unverschämte Hast der Verleger, ihre Mißachtung der elementarsten Rhythmen: als könnte man

Nabokov, den Freund der Schmetterlinge, denen er so nahe war, daß er ihre unvorhersehbaren, anmutigen Bewegungen übernommen hatte, übersetzen, als könnte man diese unmenschliche Arbeit im Winter in Angriff nehmen, einer von Lepidopteren leeren Zeit, wie alle Welt – außer den Verlegern – weiß.

Die Dame ergriff seine Hände.

»Oh, wie ich Ihre Ideen teile! Die quälen Sie also? Wirklich, sogar die Büchermenschen sind von der gräßlichen Modernität angesteckt. Wenn ich Ihnen irgendwie behilflich sein kann ... Ich kenne die Pflanzennamen. Würde Ihnen das nützen? Ich hatte keine Wahl: Die besten Bücher über Gärten sind in Englisch geschrieben.«

Der Übersetzer bedankte sich herzlich. Ja, dieses Wissen wäre sicherlich entscheidend. Dieser verflixte Nabokov hatte seine *Ada* wie eine Arche Noah verfaßt: Er sprach über alles und natürlich auch über Botanik.

Sie nahm ihn beim Arm und führte ihm ihr Meisterwerk vor.

Sie zitierte ihm hintereinander Namen absolut unbekannter Arten.

Ein Garten ist auch ein gelehrter Wust von Wörtern. Wer sich darin ergeht, ohne benennen zu können, genießt nur eine etwas verschwommene Oberfläche. Ähnlich wie die Welt vor der Schöpfung (am Anfang war das Wort). Oder wie die eines Kurzsichtigen, dem durch die Ohrfeige einer plötzlich prüden Frau die Brille abhanden gekommen ist.

XIV

Lob des Tauschs

Drei Monate später, um genau zu sein an einem feuchten 6. Juli, dem ersten offiziellen Ferientag, stellten sich zur gleichen Zeit zwei Menschenmengen ein. Auf dem Schiff, das sie zur Insel brachte, vermischt, trennten sie sich, sobald sie an Land gegangen waren.

Die erste Menge trug Photoapparate und gurrte Sätze wie: »Ist das schön!« und »Sind diese rosa Felsen gemalt?« Diese Menge, die von starken, in Anbetracht des grauen Himmels an diesem Tag höchst unpassenden Ausdünstungen von Ambre Solaire umgeben war, fragte nach dem Weg zu den örtlichen Sehenswürdigkeiten: Leuchtturm der Schiffbrüchigen, Gezeitenmühle, höchste Erhebung (zweiunddreißig Meter) und brach unverzüglich zum Sturm auf die entsprechenden Ansichtskarten auf. Man wird in dieser gierigen Horde eine bei uns tief verachtete Rasse erkannt haben, die *Touristen.*

Zurück blieb die Crème: die Aristokratie, die Familien, die ein Haus besaßen und sich selbst den vornehmen Namen *Sommergäste* verliehen hatten. Sie hatten vom Schiff zum Kai eine Kette gebildet und reichten den Krempel jedes von Wasser umgebenen häuslichen Lebens von Hand zu Hand weiter: Kartons mit Apfel-Erdbeermarmelade, Babystühle, Spülbecken, Schwimmreifen mit Entenkopf, Monopolyspiele, Regale, Stichsägen ... ganz zu schweigen von zusammenlegbaren Bidets, denen manche noch eine empfängnisverhütende Wirkung zuschrieben.

Bald heiterte ein Dutzend Häufchen die Mole auf. Alles kannte sich in der Menge Nummer zwei, man hatte oft untereinander geheiratet; Nachbarn waren Verwandte geworden. Man überschüttete einander mit Neuigkeiten: heroische Geburten, erfolgreicher Abschluß an der École Polytechnique, bedauerliches Hinscheiden einer frommen Tante. Und wie gewöhnlich ließen die Karren und Wagen, die den Kram transportieren sollten, auf sich warten. Zum Glück sank das Meer. Die Kinder stiegen nicht mehr von ihren Fahrrädern.

Etwas abgesondert kämpfte ein blutjunger Mann mit Wörterbüchern. Sie waren aus einem Koffer gequollen und lebten auf dem Kai ihr Eigenleben wie Jungen im Ferienlager, die zu lange eingesperrt waren. Kaum aufgestapelt, fielen sie wieder auseinander. Kaum auf dem Boden, planschten sie in Wasserlachen herum, und die weisen seltenen Bücher schlürften, glücklich, daß ihre Seiten sich warfen, den dicht fallenden Sprühregen.

Dieses Schauspiel entzückte unseren Gelehrten, den, der über »die Projekte einer universellen Sprache« arbeitete und der mit der Flut angekommen war. Er mochte Traditionen, er mochte es, daß von Generation zu Generation dieselben Rituale fortbestehen (und daß man in dieselben Fallen gerät). Er trat mit ausgestreckter Hand näher.

»Kollege, nicht wahr? Sie sind auch Doktorand?«

Der junge Mann mit den Wörterbüchern hob den Kopf. Ein Anflug von Stolz leuchtete in seinem Kindergesicht auf.

»Ich arbeite über eine Liebe von Stendhal, eine unbekannte Leidenschaft.«

»Spannend, wirklich spannend.«

Der Gelehrte dachte an den Enthusiasmus seiner Jugend zurück, als auch er glaubte, man könnte eine Dissertation beenden. Er sagte sich, daß irgendwann, in zwei oder drei Jahren, die klugen dicken Bücher, die auf dem Kai herumlagen und so manchen Seemann einschüchterten, ihrerseits die Tiefe eines Schranks bereichern würden. Mit allen auf der Insel aufgegebenen, unnütz gewordenen Unterlagen, den Überresten der abgebrochenen Projekte, hätte man die allervollständigste Enzyklopädie schreiben können. Natürlich behielt er seine Skepsis für sich, wünschte viel Glück und daß das graue Wetter anhalten möge! Unter blauem Himmel und bei mäßigem, gutem Wind wurde das allzu schwer verständliche Forschen nämlich zur Qual.

In diesem Augenblick erschien die Anwerberin: langes Kleid mit grünen Blümchen und breiten Trägern, kurzes blondes Kraushaar unter dem Strohhut, von der Gartenarbeit leicht gekrümmte Hände. Die Nachfahrin Saint-Exupérys war sehr beliebt. Neben ihrem sonnigen Charakter riß man sich um ihr botanisches Wissen. Sie wurde umringt, geküßt, mit naiven Fragen bedrängt: »Kann man jetzt noch Äpfelbäume zurückschneiden?« »Akklimatisiert sich hier der Prunus?« »Wie kann man die Dahlienblüte beschleunigen?«

Die Anwerberin lächelte, wich etwas zurück und hob die offenen Hände.

»Sachte, sachte, beginnen wir mit dem Anfang. Kann jemand hier Englisch?«

Sie erklärte die Umstände, die Grausamkeit von Paris, die Dringlichkeit zu übersetzen. Sie sprach mit ihrer üblichen sanften Stimme, aber in ihrem Ton lag eiskalte Entschlossenheit.

Finger meldeten sich: »Ich will gern helfen, aber die Erinnerungen an die Schule liegen so weit zurück …« – »Ich habe zwei Jahre in Toronto gelebt …« – »Endlich kann sich unsere australische Schwiegertochter mal nützlich machen …« – »Ich verspreche lieber nichts, bevor ich unser Au-pair-Mädchen nicht kennengelernt habe, bei der Sippschaft gibt es Gute und Schlechte …«

Jeder der Freiwilligen hatte begriffen, daß er in diesem Augenblick einen feierlichen Vertrag abschloß: einen Satz gegen einen Steckling, einen Absatz gegen einen Setzling für die Rabatte.

Wörter gegen Blumen, Gärten gegen Bücher, wir waren solche Tauschgeschäfte gewohnt. Fische gegen Muscheln, Benzin gegen Kinderhüten, (falsche) Angaben über einen Hummerfischgrund gegen ein (unvollständiges) Milchreisrezept. Das Tauschen hat erstaunliche Eigenschaften: Man lernt dabei wieder fühlen, den körperlichen Kontakt mit den diversen verfügbaren Artikeln im universellen Katalog der Schöpfung. Statt dieser Faulheit (sich auf einen Preis zu verlassen) nachzugeben, statt sich auf dieses Packeis (das Geld, den allgemeingültigen Gegenwert) einzulassen, muß man über den Wert der

Dinge nachdenken und Paare einzeln wieder zusammenstellen: Wie viele Stunden Handwerkern ist ein Kilo Seebarsch wert, wie viele Schichten Anstrich der Einzäunung die Empfehlung des Kleinen bei der Marine?

Der Dialog mit einem selbst und mit der Welt gewinnt dabei.

Auf der Insel waren nur einige kleine Münzen in Umlauf, solche, die von den Kindern schnell in Carambar umgesetzt werden. Ansonsten nur Rechnungen – eine pro Familie bei jedem der drei Geschäfte –, die am Ende der Saison in der Anonymität von Überweisungen beglichen wurden.

Das Geld blieb da drüben, weit weg, auf dem Kontinent, unter den regenschweren Wolken.

XV

Unseren Pfarrer graute es vor Ketzereien.

Im Jahr zuvor, bei einem seiner Verdauungsspaziergänge, hatte er westlich vom Leuchtturm, von den Felsen verborgen, einen nackten alten Mann entdeckt. Mit gespreizten Beinen, schneeweißem Vlies, schwarzen Drähten in den Ohren, die Musik in den fernsten Winkel des Gehirns leiteten, tankte er Sonne. Und wahrscheinlich ein wenig Wärme vor dem Grab.

Am selben Abend rief der Kirchenmann die Gläubigsten seiner Gläubigen zusammen, den kleinen Trupp, der bei keinem seiner Gottesdienste fehlte, der die Kirchweih am 15. August organisierte und nie das Almosen für die Kollekte vergaß.

»Ich wußte es! Bei all dem Geschwafel in den Zeitungen, dem Bedürfnis nach Natur, dem Kult der Transparenz, sind die Adamiten wieder da.«

Alles kam aus der Schöpfungsgeschichte: Vor dem Sündenfall lebten Adam und Eva nackt. Und König David hatte, wohl um an die gesegneten Zeiten des direkten Kontakts mit Gott anzuknüpfen, mit einem winzigen Lendenschurz angetan, vor der Bundeslade getanzt. Mit Bezug auf diese Bibelstellen hatten im Laufe der Jahrhunderte einige Gruppen diesen mystischen Nudismus praktiziert: die Gnostiker, die Begarden, die Turlupiner …

Zum Glück hatte Gott in seiner Weisheit den Sommer schneller als sonst beendet. Nach einem strahlenden Juni hatte der Regen sich eingenistet, ein wirksames Gegenmittel gegen den Adamismus. Man hatte sich schnell wieder angezogen.

Ein Jahr später gab der Pfarrer andere Sorgen zu erkennen.

»Sagen Sie mal, finden Sie nicht, daß in diesem Sommer bei uns viel gegangen wird?«

Man erinnerte ihn an die Pilger, an Compostela: das Gehen sei eine der gesündesten Übungen, innig und historisch mit dem Glauben verbunden.

»Ich würde Ihnen glauben, wenn all diese neuen Fußgänger zu meiner Kirche unterwegs wären. Aber leider …«

Dem Argument fehlte es nicht an Triftigkeit. Einer suchte eine Antwort in weiter Ferne, bei den Antipoden: »Auf Inseln gibt es oft bemerkenswerte Fußgänger. Wenn man von Wasser umgeben lebt, ist es natürlich, ein Bedürfnis nach festem Boden unter seinen Schritten zu empfinden. Denken Sie nur an Australien. Kennen Sie Bruce Chatwin? Ein Reiseschriftsteller von der besten Sorte: hellwache Sinne, unermüdliche Fußsohlen. Die Aborigines, denen er begegnet ist, wandern singend von einem Ende der *territories* zum anderen. Und dieser Gesang auf den »Traumpfaden«, den *Songlines*, ist ihre einzige Landkarte. Sie verirren sich nie. In der Traumzeit existierte das Land noch nicht. Die Ahnen haben es Kieselstein für Kieselstein gesungen, um es hervorzubringen. Australien kann man wie eine Partitur lesen … Beim Gehen, beim Singen treten die Aborigines in die Fußstapfen ihrer Ahnen, die die Welt benannten.«

»Einerlei, ich bleibe wachsam«, sagte der Pfarrer. »Diese Fülle von Wanderern bedeutet nichts Gutes.«

Seine Pupillen hatten den Pfarrer nicht getäuscht: Es wurde mehr denn je gegangen.

Dabei ist es die wesentliche Fortbewegungsart auf unserer Insel, auf der das Automobil verboten ist, der Traktor selten, das Mofa dem Arzt und dem Feldhüter vorbehalten, das Pferd sonderbarerweise unbekannt, das Maultier störrisch und widernatürlichen Liebespraktiken ausgesetzt, das Fahrrad immer verrostet, kaputt, verbogen: unbrauchbar.

Aber die neuen Fußgänger, die zur Menge derer hinzugekommen waren, die üblicherweise die Wege mit großen Schritten ausmessen, hatten eigentümliche Manieren: Ihre Lippen bewegten sich genausoviel wie ihre Beine; ihre Augen betrachteten, wohl von einem inneren Schauspiel gebannt, nichts in der Welt. Hin und wieder überfiel sie mit der Heftigkeit eines epileptischen Anfalls eine Krise, eine rasende Erregung, eine Erleuchtung. Das bedeutete dann das eine oder das andere: Entweder hatten sie Papier und Bleistift mitgenommen und fingen wie wahnsinnig an zu kritzeln. Oder sie rannten, wenn der Anfall sie packte, nach Hause wie von Amöben geplagte Kolonisten.

Welche Krankheit konnte zu diesen seltsamen Symptomen passen? So lautete die Frage, die der Pfarrer in seinem Kopf drehte und wendete, wobei er mehr denn je bedauerte, daß das Sakrament der Beichte außer Gebrauch gekommen war: zwanzig Jahre früher hätte er nur die Ohren aufzusperren brauchen, und im für Geständnisse günstigen Halbdunkel hätte man ihm das Geheimnis, das er erwartete, mit jeder Menge Einzelheiten und der nötigen Genauigkeit durch das kleine Gitter geflüstert.

Auch die Kinder waren beunruhigt: Warum hatten die Erwachsenen plötzlich ihre gewohnten und so lächerlichen Beschäftigungen aufgegeben: die toten Äste des Apfelbaums absägen, die Einzäunung weiß anpinseln (»Merkt euch das, meine Lieben, auf dem Meer muß man alles grüßen, was sich bewegt, und alles übrige anmalen«), zu dicke Bücher lesen, die schwer auf dem Bauch liegen, wie diesen russischen Pflasterstein mit dem schwachsinnigen Titel *Krieg und Frieden* (entweder oder), den Gezeitenplan studieren und sich dabei unentwegt am Kopf kratzen, ohne Ende mit den Nachbarn über das berühmte Mikroklima sprechen, über die Regenschauer, die da drüben über dem armen Kontinent niedergehen und die Insel verschonen, gegen die Maulwürfe kämpfen, den Toilettenabfluß reparieren, erneut das Gezeitenjahrbuch studieren, als würden sich seine Zahlen jede halbe Stunde ändern …

Die unglücklichen Eltern waren in die Kindheit zurückgefallen.

An einem Stift nagen und lutschen, Maulaffen feilhalten, den blauen Himmel ansehen und seufzen, wütend ein Wörterbuch wälzen, alle halbe Stunde aufstehen, den

Kühlschrank öffnen, einen Essensrest knabbern, zurückkommen, das Radio einschalten, ausschalten, wieder den blauen Himmel ansehen und stöhnen: »Mein Gott, ich verpasse die Flut« usw. – lauter für sehr junge, von einer Ferienarbeit gequälte Menschen typische Tätigkeiten.

XVI

Wie man schon geahnt haben wird, hatte sich die ganze Insel daran gemacht, *Ada* zu übersetzen.

Ein Kreuzzug gegen einen Pariser mit Vornamen Arthème? Ohne zu zögern und mit schöner Begeisterung hatten sich die Eingeborenen uns angeschlossen. Vergessen war die leise Verachtung, die sie für uns hegten. In einer Schlacht sind alle Verbündeten willkommen. Sicherlich beseelte sie die Zuneigung zu Gilles. Vor allem aber der Haß auf Paris.

Paris, dessen Fernsehsender immer Sonne an der Côte d'Azur und Regen in der Bretagne melden, obwohl dort herrliches Wetter ist.

Paris, das ganz Frankreich Autobahnen zur Verfügung stellt, aber nie dem Westen. Usw., usw.

Paris hatte den Engländer vom Spitzenplatz ihrer Aversionen verdrängt. Und sie fanden in ihrem Innersten brachliegende alte Aggressionen.

Sie wirkten also tatkräftig mit, wenn die Linguistik auch nicht ihre bevorzugte Spezialität war. Diese Krebsfischer, Rasenmäher, Köchinnen im Hotel Bellevue, Villenrenovierer, zugelassenen Verandabauer, Ruheständler der Marine verstehen es wie niemand sonst, die seltensten Vögel zu benennen, eine versagende Schreibmaschine zu reparieren, den kontrollierenden Steuerfahnder irrezuführen, zu jeder Tageszeit Crêpes mit Zucker oder Buchweizenwaffeln herzustellen. Lauter Helfer, ohne die der Übersetzer nur ein armer Seemann ohne Ruder und Besegelung ist, von den launenhaften und nichtsdestoweniger diktatorischen Strömungen des Alltagslebens davongetragen.

Madame geb. Saint-Exupéry hatte, und eben damit bewies sie, daß sich unter ihrer Sanftheit die unbeugsame Seele eines Werkmeisters verbarg, das Buch in ebenso viele Teile aufgeteilt, wie sie über mehr oder weniger des Englischen mächtige Freiwillige verfügte. Und sie ging von einem zum anderen, um die Energien aufzufrischen. Oft kam sie mit ihrer jüngsten Tochter, einer schon sehr liebenswürdigen Catherine. Die beiden geblümten Kleider beugten sich gemeinsam über unsere Kopien, und man schnupperte so diskret wie möglich ihren doppelten Geruch nach Seife.

»›*She had been prevailed upon to clothe her honey-brown body*‹, das ist wirklich nicht einfach, o Gott, nein, vor allem diese Nachstellung, *prevailed upon*, aber es muß weitergehen, immer weitergehen. Wenn Sie wüßten, wie sehr Ihre Arbeit dem lieben Gilles hilft, der so zartbesaitet und in Ängsten ist! Hier, ich habe Ihnen einen Aprikosenkuchen mitgebracht. Der so wunderbare und überraschende saure Geschmack dieser Früchte fördert das Denken.«

So sprach sie mit altmodischen Wohltaten und Schwärmereien.

So führte sie von morgens bis abends und von Haus zu Haus ihr Völkchen von Amateurübersetzern.

Und gleich dem Pfarrer war sie beunruhigt.

»Warum kreuz und quer auf der Insel herumlaufen, wie Sie alle es tun? Bringt es nicht viel mehr, an seinem Tisch sitzen zu bleiben? Entschuldigen Sie, wenn ich indiskret bin, aber sind Sie sicher, daß soviel Gelaufe nötig ist? Der so zarte und anhängliche Gilles wartet auf Sie.«

Sie mußte beruhigt werden, ihr mußte geschworen werden, daß das Gehen außerordentlich menschenfreundlich sei.

Ein Beispiel?

Sie haben keine, nicht die geringste Idee, wie der folgende, typisch Nabokovsche Absatz übersetzt werden könnte:

»The child tried to assuage the rash in the soft arch, with all its accompaniment of sticky, itchy, not altogether unpleasurable sensations, by tightly straddling the cool limb of a Shattal apple tree.«

Das Gehen versteht Ihr Problem (»Nabokov? Verdammt! Da haben Sie sich nicht den Einfachsten ausgesucht!«) und sendet Ihnen sofort beruhigende Signale (»Keine Sorge, man kümmert sich darum«). Dann schalten sich nacheinander Dutzende unsichtbare kleine Pumpen unter der Fußsohle an, und schon nach einem Kilometer fühlt man Wärme aufsteigen: Das ist das Blut, das, statt als modrige Lache in der Körpermitte zu stagnieren, hochsteigt, sich im Gehirn ausbreitet, dieses großartige Räderwerk durchströmt, wiederbelebt, entblockt, und Zähnchen für Zähnchen setzt sich die magische Mechanik in Gang, ein Freudenfest unter den Schädelknochen, halb Tinguely-Maschine, halb Voliere, die Wörter haben ihre Graburne verlassen (ihr alphabetisch geordnetes Erbbegräbnis im Wörterbuch), um anzutanzen, um ihre Dienste anzubieten.

Sobald die verbale Ware ausgesucht ist, wird sie Ihnen nach Wunsch geliefert, entweder (laute Option) zwischen Lippen und Zunge oder (stille, schriftliche Option ohne Zuschlag) zwischen Mittelfinger, Zeigefinger und Daumen:

»Das Kind versuchte, den Ausschlag in der weichen Wölbung mit all seinen Begleiterscheinungen von klebrigen, jukkenden, nicht gänzlich unangenehmen Reizen zu lindern, indem es rittlings festumklammert auf dem kühlen Ast eines Euphrat-Apfelbaums saß.«

Deshalb sind wir nie so viel gegangen wie in jenem Sommer.

XVII

Auch der eigentliche Übersetzer ging, aber nur nachts. Tagsüber saß er vor seiner Schreibmaschine. Stundenlang betrachtete er die Tastatur, mit einer besonderen Zärtlichkeit für das (defekte) P. Dann wanderte sein plötzlich niedergeschlagener Blick zu dem Berg unserer Beiträge, die ihm Madame geb. Saint-Exupéry allabendlich vor Stolz errötend brachte. Er bedankte sich mit Tränen in den Augen, wie jemand, dem man gerade noch einmal das Leben gerettet hat. Seine Seufzer behielt er für sich, hob er für später auf: »Diese Leute sind rührend, aber wie schlecht sie Englisch können! Falsche Bedeutungen, falsche Homonyme … Ich fürchte, dieser ganze Aufwand ist völlig zwecklos!«

Die Schmetterlinge flatterten um ihn herum. Sie hatten begriffen, wie dringlich es war und daß es um ihren Freund Nabokov ging. Sie scheuten den Gestank und die Eifersucht der Katzen nicht und kamen, um ihre Fantasia, ihr vielfarbiges Schauspiel anzubieten, als wollten sie sagen: So mußt du schreiben, so, vergiß es nicht, schwerelos, virtuos, schwungvoll, überraschend …

Deshalb ging der Übersetzer nur nachts aus dem Haus, wenn die Lepidopteren ihre pädagogische Sarabande beendet hatten und sich irgendwo, zu Tode erschöpft, ausruhten. Geben wir zu, daß ihre Koketterien ihn langweilten, aber konnte er es sich leisten, sie schlecht zu behandeln, ihnen zu sagen: »Es reicht, laßt mich ein bißchen in Ruhe«, wenn man von ihren Verbindungen zu dem ohnehin sehr jähzornigen Vladimir wußte?

Er hatte die Schweigeséancen mit seinem Freund, dem jungen Spediteur, abgekürzt. Er schickte ihn weg, ohne seine Socken gewaschen zu haben, und machte sich, ein Heft in der Hand, einen Stift hinterm Ohr (hätten die Falter diese Vulgarität geschätzt?), auf den Weg in den Norden, dorthin, wo der Torfboden der russischen Ebene gleicht, dem Gelände von Adas Jugend. Mag das Gehen auch Wunder wirken, so ist es doch nicht verboten, ihm aufzuhelfen, indem man ihm die passende Kulisse bietet.

Eines Nachts wurde er mitten in der einsamen Heide Zeuge einer Szene aus einer anderen Zeit. Zuerst eine blutjunge Frau. Sie ging verloren umher. Sie trug blonde Schwänzchen unter einer seltsamen Haube mit Ohrenschützern. Sie fröstelte in einem gestreiften Trikot. Sie lief im Dunkeln im Kreis. Vom Leuchtturm zum Signalmast und zurück. Sie mied die Wiese. Man hatte ihr wohl von den unheilvollen Gräsern erzählt, die sich an die Beine heften und Christen den Verstand aussaugen, so daß sie am Morgen verrückt sind. Er hatte sie erkannt. Sie hatte vor kurzem geheiratet. Im Vormonat war sie unter einem Regen von Reiskörnern aus der Kirche gekommen. Und schon drehte sie sich in ihrer Ehe im Kreise, sie erstickte. Auch Ehen sind Inseln. Man braucht ein Schiff, um ihnen zu entkommen.

Lichtpunkte tauchten auf, Taschenlampen, die von zwei Gestalten hin und her geschwenkt wurden, in denen man am ruckartigen Gang, an der rundlichen Taille bald alte Damen erkennen konnte. Sie näherten sich dem gestreiften Trikot. Sie legten eine Hand, jede eine Hand auf je eine der Schultern. Kein Hund, keine Möwen, es herrschte völlige Stille. Kein Wort wurde gewechselt. Und bald verschwand das Trio hinter den Farnen, die die Straße zu dem kleinen Ort säumen.

Oftmals sollte sich der Übersetzer verfluchen, daß er in jener Nacht nicht eingegriffen hatte. Aber was hätte er gegen das Gesetz der Familien tun können?

XVIII

Wer war ich, daß ich diese Geheimnisse kannte?

Ein Amateurübersetzer unter all den anderen. Den man für einen sehr eigenartigen Wettstreit angeworben hatte.

Die Familie E., eine von denen, die bei uns nicht wegen der Höhe ihrer Einkünfte, sondern wegen ihrer Alteingesessenheit auf der Insel und ihres Wissens über alles, was das Meer betrifft, besonderes Ansehen genießen, hatte eine glückliche Hand für Au-pair-Mädchen. Niemand hatte je ihre Lieferanten herausfinden können, die sie eifersüchtig geheimhielt. Und dann, irgendwann eines Morgens, wenn man an den Strand kam, war das Wunder da: Eine neue englische Perle versuchte, die unbändigen Kinder der E.s zu unterhalten. Die weiße oder schon gerötete Haut voller Sommersprossen; die Beine endlos lang mit noch konkaven Schenkeln, zwischen denen das Licht hindurchschien, oder die andere Option: untersetzte Fülle, verdichtetes Fleisch, Appeal der runden Wade; nicht vorhandene oder überquellende Büstenhalter; schmachtende, der Ohnmacht nahe oder schon naschhafte Mienen …

Jedes Jahr sagte ich mir: Diesmal ist es die letzte. Die

Unbändigen werden älter, bald werden sie kein Au-pair-Mädchen mehr brauchen. Das Ehepaar E. erhörte meine Bitte. Gleich im Herbst machte es sich wieder auf den Weg ins Bett. Im Juni dann wurde von ihnen eine weitere Geburt gemeldet, die ich mit Freudengeschrei feierte. Die Geburtsanzeige war die Garantie dafür, daß die britische Quelle nicht so bald versiegen würde.

Um mir ihren Antrag zu machen, hatte sich Madame geb. Saint-Exupéry die dichteste Menge ausgesucht (die Warteschlange vor den Kuchen in der Bäckerei-Konditorei Dubreuil, sonntags um Viertel nach zwölf nach der Messe). Wahrscheinlich hätte eine größere Intimität ihr Unbehagen bis ins Unerträgliche gesteigert.

»Lieber und so fleißiger Erik, man hat mich über Ihre Vorlieben informiert. Würden Sie die Verantwortung für die, wie soll ich sagen … etwas freien Passagen übernehmen?«

Sie trippelte errötend von einem Fuß auf den anderen, während vor uns ein blonder kleiner Junge die bestellten zweiunddreißig Apfeltaschen abholte.

»Habe ich Ihre Zustimmung? Oh, was für ein fruchtbarer Tag. Schließlich hat unsere Ada den Busen einer Engländerin, oder?«

Und erschrocken über ihre Kühnheit entfloh sie, ohne ihre Pfirsich-Marzipantorte mitzunehmen.

So kam es, daß ich mich, heftig beneidet von dem zukünftigen Spezialisten für die unbekannte Leidenschaft Stendhals, aber angeregt von der Erinnerung an Jude, Nancy, Priscilla, Virginia … darin versuchte, die Schenkel, die Haut, die blassen Brüste, die durchsichtigen Schläfen, all die Mulden und Wölbungen, all die sichtbaren Haarsträhnen und verborgenen Belaubungen der so flatterhaften Ada in den Netzen der französischen Sprache einzufangen.

XIX

Währenddessen fuhr der Eremit von Montreux fort, uns, die Amateur- und Berufsübersetzer, mit seinen ausgewählten Liebenswürdigkeiten zu bedenken:

What is translation? On a platter
A poet's pale and glaring head,
A parrot's screech, a monkey's chatter
And profanation of the dead.
(Was ist Übersetzung? Auf einem Teller
Das bleiche und zornig blickende
 Haupt eines Dichters,
Das Kreischen eines Papageis,
 das Schnattern eines Affen,
Entweihung der Toten.)

XX

Die Ferien gingen bei immer intensiverem Schuften zu Ende, das nicht einmal die Regatta am 15. August, das sportlich-gesellschaftliche Ereignis der Saison, unterbrechen konnte. Viele von uns nahmen daran teil, weil es seit Generationen Brauch ist, aber die Rudergänger machten sich viel mehr Gedanken über Adas Morgentoilette (*»Sie wusch Gesicht und Arme über einem altmodischen Becken auf einem Rokoko-Ständer, das Haar oben zusammengeknotet, ihr Nachthemd um die Hüfte geschlungen«*)* als über das Wenden um die Bojen bei schwerem Seegang. Die Folge an jenem Tag waren zahlreiche anfängerhafte falsche Manöver, die zu normalen Zeiten bei Seglern unserer Klasse (Bescheidenheit in diesen nautischen Dingen ist nicht gerade unsere Stärke) unbegreiflich gewesen wären. Man sah sogar, wie Christian S. – jawohl, der Sieger aller Regatten der letzten zehn Jahre – sich von der ihm doch so bekannten Unbeständigkeit unseres bösartigsten Winds, des Südwestwinds, überraschen ließ, kenterte und vor der Zuschauermenge auf der Landungsbrücke des Jachtclubs mit dem Rücken im Wasser und dem Segel auf der Nase endete.

Das Meer, das bis dahin ungeteilt unsere Träume beherrschte, begriff, daß es seinen ersten Platz eingebüßt hatte. Von nun an verzauberte uns jemand anders. Sein Gefühl der Demütigung wandelte sich schnell in Zorn, den Vorboten künftiger Rache.

Kaum hatte der Bürgermeister unter spärlichem Beifall den Pokal überreicht, als eine heftige Bö alle Ricard- und Byrrh-Sonnenschirme des benachbarten Ausflugslokals *La Potinière* fortriß. Vergebliche Mühe: Wir saßen schon wieder an unseren Schreibtischen.

Der August ging zu Ende, und unsere Ada hatte trotz unserer Anstrengungen gerade erst ihre fünfzehn Geburtstagskerzen ausgepustet. In anderen, faßbareren Worten, es blieben uns noch dreihundertundvier Seiten zu erläutern und fünfundfünfzig Jahre zu durchlaufen, von denen jedes Dutzende von verwickelten Ereignissen enthielt.

XXI

Am letzten Abend, bevor wir uns in alle Windrichtungen verstreuten, rief sie uns am Fuß der Kapelle des heiligen Michael zusammen, Höhe sechsundzwanzig Meter, wiederhole ich, dem Ort, an dem die Lehrer des Archipels ihre Stunden gaben. Ihr Liberty-Kleid flatterte im Wind. Mochte sie ihre Stimme auch noch so sehr anstrengen, diese Stimme eines immer entzückten kleinen Mädchens, die meisten ihrer Worte flogen zu den Möwen auf, außerhalb der Hörweite unserer Trommelfelle. Wir verstanden nur, daß sie uns im Auftrag von Gilles dankte (dessen Alleinvertretung sie sich gesichert hatte). Aber auch, daß der Kampf in Paris weitergehen würde: Treffen jeden Freitagabend um zwanzig Uhr bei ihr zu Hause, in der Rue de l'Odéon 8, seien Sie so nett und bringen Sie den Wein mit, Rotwein oder Weißwein, wie es Ihnen beliebt.

Sie schwieg.

Wir blieben, mit erhobenem Kopf zu ihr aufblickend, stehen. Adieu, 20. Jahrhundert! Wir waren zeitlich weit, sehr weit zurückgegangen. An das Kreuz gelehnt, von den letzten Sonnenstrahlen getroffen, verkündigte Madame geb. Saint-Exupéry uns ihren Kreuzzug.

Am nächsten Tag, auf dem Festland, erwartete uns ein Paar. Eine hektische Dunkelhaarige und ein großer Kahlköpfiger im Stil El Grecos. Sie umkreisten uns wortlos von einem Ende des Parkplatzes zum anderen, während wir unseren traditionellen Krempel im Kofferraum der Autos verstauten. Wir erkundigten uns bei dem Hotelier nebenan, wer diese Leute seien.

»Die Buchhändler aus P. Sie wollten unbedingt wissen, wie Sie aussehen und was mit Ihnen los ist, weil Sie so viele englisch-französische Wörterbücher bei ihnen bestellt haben. Seit der Eröffnung ihres Ladens haben sie noch nie einen derartigen Umsatz gemacht! Dank Ihnen können sie jetzt eine Jugendbuchabteilung einrichten.«

XXII

Im Winter bleibt nichts als das Grau.

Von morgens bis abends betrachtete der Übersetzer niedergeschlagen das winzige, von Wasser umgebene Königreich, das er sich ausgesucht hatte. Und eine von gesundem Menschenverstand zeugende Frage fuhr ihm quälend durch den Kopf: Was tue ich eigentlich hier? Was für eine Idee, mich auf diesem Stück Konfetti eingesperrt zu haben!

Eine der Antworten fand sich vielleicht in Stefan Zweigs Memoiren *Die Welt von Gestern*, die er mit Tränen in den Augen, entzückt und entsetzt, gelesen hatte. Aus welchem Wahnsinn heraus hatten die Menschen jenes Wunder an Intelligenz, an Zivilisation, an Freundschaften über Grenzen hinweg, an Phantasie, an Kreativität ermordet: das Europa vor 1914? Wie läßt sich so ein Selbstmord erklären?

Stefan Zweig erzählt die Geschichte eines deutschen Verlagshauses. Alfred Walter Heymel, ein Amateurdichter, war reich. Statt sich Rennpferde zu halten, beschließt er zu Beginn des Jahrhunderts, Bücher zu verlegen. Einzig der Kunst gewidmete Bücher, ohne jedwede Konzession an eine mögliche Leserschaft. So sorgfältig hergestellte Bücher, daß nie ein Druckfehler sie verunzieren sollte.

»Mit der stolzen Absicht der Isolation«, schreibt Zweig, nannte Alfred Walter Heymel seinen Verlag *Die Insel*. In die *Insel* aufgenommen wurden Hofmannsthal und Rilke. Und die ersten Texte von Zweig. Er war sechsundzwanzig Jahre alt.

Fünfunddreißig Jahre später schwimmt Die Insel sanft und traurig in Zweigs Erinnerung. Er hat Europa und dessen Haßgefühle verlassen. Er lebt in Brasilien. Seine Entscheidung ist getroffen: Er beendet noch seine *Welt von Gestern*, dann wird er sich das Leben nehmen.

XXIII

Zweihundertdreiundsiebzigmal stieg das Meer, an die Stelle des Tischweins Kiravi (»Samt für den Magen«) trat sonntags ein besserer Bordeaux (»gutbürgerlicher Wein«): Das waren die einzigen Zeitmesser, die dem Leben des Übersetzers einen gewissen Rhythmus gaben.

Denn trotz seiner lobenswerten Bemühungen um Regelmäßigkeit und Beharrlichkeit kam sein Werk kaum voran. Zum Beispiel überarbeitete er das so heikle 39. Kapitel zehnmal. Der Anfang war gelungen: »*Obwohl 1888 die Mode in Ladore ziemlich eklektisch war, war sie doch nicht ganz so frei, wie man in Ardis annahm.*« Aber schon beim zweiten Satz: »*Zu dem großen Picknick an ihrem sechzehnten Geburtstag* ...«, kam er nicht weiter. Die Nabokovsche Musik verlor sich in schwerfälligen Wörtern. Je mehr er arbeitete, desto weiter entfernte er sich von dem Ziel (einem beschwingten Spaziergang) und versank in einer bleiernen, gewissermaßen Heideggerschen Prosa.

Woher kam diese Unfähigkeit in den Wintermonaten, während ihm im Sommer manche Seiten zugeflogen waren, wie von einem unsichtbaren, zart duftenden Mund diktiert? Nächtelang drehte und wendete er sich, von diesem Rätsel gepiesackt, in seinem bretonischen Alkoven.

Nach reiflicher Überlegung konnten die Schmetterlinge die einzige rationale Erklärung sein: Wenn das Klima ihnen den Aufenthalt in Frankreich verbot, oder wenn sie dort im Zustand von Larven zusammengerollt überdauerten, war es unmöglich, Nabokov zu übersetzen. Die Hypothese wurde Ende April, Anfang Mai bestätigt. Kaum füllte sich die Luft mit vielfarbigen, bizarren kleinen Paletten, deren köstliche lateinische Namen die Gespräche der römischen Seminaristen abends unter den Bäumen am Tiber wachrufen: *Parnassius, Issoria, Pieris, Polyommatus, Zygaena* …, als die Beschreibung des Picknicks ohne allzuviel Leid weiterging: *»Ada trug eine schlichte Seidenbluse, maisgelbe Hosen und abgenutzte Mokassins.«*

Der Verleger interessierte sich, wie man ahnt, nicht für diese unbestreitbaren, für ihn aber viel zu subtilen Kausalitäten. Er wollte einen Text, einen für den (unmittelbar bevorstehenden) Tag fertigen Text, an dem sein Autor (endlich) vom Nobelpreis gekrönt würde. Durch einen glücklichen Zufall hatte die schwedische Akademie im Oktober zuvor Patrick White gewählt, aber, wiederholte Arthème Fayard in jedem seiner Schreiben, »dieser unverhoffte Aufschub ist kein Grund, sich der Untätigkeit hinzugeben«.

Mitteilungen, die von unserem Übersetzer ignoriert wurden: Um dem Briefträger eine Freude zu machen, öffnete er jetzt seine Post aus Paris. Doch kaum hatte sein Auge die letzte Äußerung der verlegerischen Ungeduld zur Kenntnis genommen, steckte er den Brief wieder in den Umschlag und führte ihn verschiedenen häuslichen

Zwecken zu: dem Verkeilen eines Bettpfostens, dem Anfassen jenes Konzentrats alter Wagenschmiere, das man Fahrradkette nennt, oder dem notdürftigen Abdichten eines Lochs im Dach.

»Also wirklich«, sagte der Briefträger halb bewundernd, halb erschrocken, »also wirklich, man kann sagen, daß Paris Ihnen keine Angst macht!«

XXIV

Gute Nachricht, laut Atlas existiert Ihre Insel STOP War wegen Ihres Schweigens im Zweifel STOP Schlechte Nachricht, schicke Ihnen morgen Abgesandten STOP 10. Juli vierzehn Uhr STOP Falls Fahrplan zuverlässig STOP Bereiten Sie Klarstellung vor. Grüße. Der Verleger.

Wie man weiß, zahlt ein Telegramm an Zurschaustellung drauf, was es an Schnelligkeit gewinnt. Die beiden Postinspektoren in der Telegrammannahme und -ausgabe sind zwangsläufig Mitwisser des Geheimnisses. Wie aber kann man ein Geheimnis in den Augen, die das Formular lesen, und in den Fingern, die auf einer Schreibmaschine tippen, unter Verschluß halten? Welche Vorschrift könnte je verhindern, daß besagtes Geheimnis nicht seiner Natur als Geheimnis, seiner natürlichen Neigung folgt: den Sehnerv hinaufzusteigen, sich in die Kehle hinabgleiten zu lassen, dann über die Zunge zu entweichen, um von dort aus unter dem Siegel der Verschwiegenheit dem begierigen Ohr der besten Freundin anvertraut zu werden, die ihrerseits … Kurz, über die Postbeamtin Thérèse, gesegnet sei sie, erfuhr die ganze Insel von der beunruhigenden amtlichen Mitteilung.

Über dieses kleine blaue Stück Papier wurde zuerst gelächelt. Die Einheimischen waren stolz auf die Entlegenheit ihrer Insel und machten sich über die falschen lustig, die, wie Noirmoutier, bei Ebbe durch eine Straße mit dem Festland verbunden waren, oder, noch schlimmer, durch die unendliche Vulgarität einer Brücke, selbst einer künftigen (arme Insel Ré). Wäre es nach ihnen gegangen, hätten sie die Widrigkeiten der Anreise noch gesteigert und die Verkehrsverbindungen noch komplizierter gemacht. Aber sie hatten schon Freude daran, sich den Pariser Emissär nach sechsstündiger Zugfahrt auf der Hauptstrecke vorzustellen, wie er sich einundsiebzig Minuten auf einem zugigen Bahnsteig in G. die Füße vertrat (der Wartesaal war seit ewigen Zeiten wegen Bauarbeiten geschlossen).

Dann würden die Unbilden erst anfangen. Er würde in ein Faß einsteigen, das zehn Jahre lang in einer Biertonne eingeweicht worden war (so stank ohne Übertreibung der Triebwagen), und würde sich darin eine gute Stunde durchschütteln lassen wie Milch, die gebuttert wird. War diese Tortur überstanden, würde er in einem Café in P. erneut warten müssen. Diesmal auf das Eintreffen des rot-schwarzen Busses, der, nachdem er mit dem lebenden Geflügel, der Armee von Geranien (der Lieblingsblume für die Gräber), zwei Klobrillen, fünf Kartons Dosenkonfitüre (Apfel-Johannisbeere), einem Rasenmäher, einem Sea-Gull-3-PS-Motor und einer (auf dem Dach verstauten) Tischtennisplatte beladen worden war, elfmal halten würde: an der Internationalen Hotelfachschule, an der Straße nach Loguivy, an der Autowerkstatt Gicquel, im Zentrum von Ploubazlanec ..., um schließlich an der leeren Anlegestelle anzukommen: die Fähre würde wie gewöhnlich nicht gewartet haben. Der unglückliche Reisende würde sie in der Ferne tapfer das Meer durchpflügen sehen, ihm ihren weißen Hintern zeigend, über dem die Trikolore flatterte.

Mit Verlagsleuten kannten sich die Inselbewohner nicht gut aus, aber sie wußten, daß die Pariser schwächlich sind: Welcher Besucher wäre nach solchen Strapazen noch im Vollbesitz seiner Kampfkraft? Überdies glaubten sie, und zwar felsenfest, daß unter den Bewohnern der Hauptstadt die Intellektuellen die größten Schwächlinge sind, auch wenn man den Gegner nie unterschätzen darf. (Manche Franzosen »vom Kontinent« waren zäh; der Klempner konnte es bezeugen; mit seinen unbezahlten Rechnungen hätte er genug Material gehabt, um ein Telefonbuch zu drucken.)

Zugegeben, der Winter war bei den Amateurübersetzern auch nicht sehr produktiv gewesen. Beschämenderweise hatte sich die Erinnerung an Ada nach und nach im Pariser Leben aufgelöst. Aber er erwartete uns, der Wildfang, ruhig, seiner Macht sicher. Nicht ohne Amüsement sah Ada uns erschöpfte Großstadtbleichgesichter mit unserem monströsen Gepäck von Bord gehen. Und schon in der ersten Nacht richtete sie sich wieder in unseren Träumen ein. Noch spärlicher bekleidet als im Vorjahr. Ohne einen Tag Ruhe griffen wir wieder zu unseren Stiften und Wörterbüchern, und der Kampf ging erneut los. Ein informelles Komitee wurde gegründet, das im Chardon Bleu, der Bar der maritimen Elite, die zu verfolgende Strategie diskutierte: Sollte man den Emissär aus Paris empfangen oder ihn in seiner Unwissenheit herumirren lassen (auf der Insel gibt es keine Adressen; bestenfalls vage Angaben: »Bucht der Seilerei«, »Leuchtturmviertel«, »nördliche Mühle«)?

»Es liegt im Wesen dieser Leute, daß sie zurückkommen«, sagte Madame geb. Saint-Exupéry. »Und dann verschlimmert sich ihre Wut.«

Man gab ihr recht. Der Briefträger wurde mit dem Empfang beauftragt.

»Und wie willst du ihn unter all den Menschen auf der Mole erkennen?«

»Ich kenne mich im Erkennen aus!«

Er hatte eine hochmütige Auffassung von seinem Beruf. Der Briefträger trägt in seiner Tasche den Knoten aus den Fäden, die die Menschen miteinander verbinden. Aufgrund welcher Abweichung sollte der, der jeden Tag unfehlbar die Briefe zustellt, nicht auch die Fähigkeit haben, in der Menge der Ausflügler einen Übersetzerschinder zu identifizieren?

XXV

Der besagte abgesandte Verlagsscherge saß, die langen Beine mehr schlecht als recht untergebracht, im Schnellzug Paris-Brest und dachte über seine Existenz nach.

Er hatte seinen Dufflecoat nicht ausgezogen.

Diese (seine) Existenz war sein Hobby, sein Lieblingsschauspiel, ein steter Gegenstand der Neugier, ja des Entzückens geworden. Ein leidenschaftliches Interesse, das ihm alle anderen Zerstreuungen wie Kino, Fernsehen, Liebe in jeder Form fade erscheinen ließ.

Diese famose Existenz hatte vor einigen Monaten eine unvorhergesehene Wendung genommen. Er hatte lange gedacht, ein Verlagsmitarbeiter habe das Los eines zu kleinen Briefkastens zu tragen: von morgens bis abends wurde er mit Geschriebenem vollgestopft. Und nun hatte er sich in einen unerbittlichen Schuldeneintreiber verwandelt. Er reiste kreuz und quer durch Frankreich und Europa, um den Langsamen ihre versprochenen Manuskripte zu entreißen. Diese Langsamen bildeten in der Gesellschaft eine gesonderte Kulturgemeinschaft, einen hartnäckiger als jeder andere an seinen Bräuchen festhaltenden Stamm, wunderbar erfindungsreich in der immer unwiderlegbaren Erklärung der Verspätung.

»Ich sollte Tagebuch führen, um eines Tages eine Blütenlese von Entschuldigungsbriefen zusammenzustellen«, murmelte der Verlagsabgesandte.

Bis zu diesem Tag hatte man ihm zahllose grausame Todesfälle zugemutet (Mutter, Vater, der Onkel-der-mich-aufgezogen-hat; einmal sogar eine Ehefrau, die einige Monate später glücklich wiederauferstand), arbeitsunfähig machende Krankheiten (o je, was würden die Schneckenautoren ohne die Hilfe des Dupuytrenschen Syndroms machen, dieser rheumatischen Schrumpfung der Handfläche, die, gleichsam zufällig, das Schreiben unmöglich macht?), Überfälle (Einbrecher sind, was wenig bekannt ist, gelehrte Sammler: Sie plündern Häuser nur zu dem Zweck aus, in Arbeit befindliche Texte mitgehen zu lassen; das übrige, Schmuck, Fernseher, Radio und flüssige Mittel, nehmen sie nur mit, um Verwirrung zu stiften). Ein gewisser Jean-Louis hatte ihm sogar ohne die leiseste Spur eines Lächelns erklärt, eine Kuh – jawohl, das Tier mit dem Euter – habe ihm das einzige Exemplar eines bestellten Textes entrissen und dann wiedergekäut.

Er dachte an Gilles' letzten Brief zurück, ein Meisterwerk, Zeilen, die in Bronze gegossen und in die Klagemauer der Langsamen eingefügt werden sollten:

Sie hatten mir den 5. Januar als letztes Ablieferungsdatum gesetzt. Ich muß den Zeitpunkt demnach als verstrichen ansehen. Und vielleicht ist es besser so …

Was hatte der von Katzen und Wasser umgebene Ex-Pianist wohl diesmal für ihn in petto?

XXVI

Sie gingen, Seite an Seite. Und schnell. Der abgesandte Verlagsscherge sah nicht so aus, als machten ihm die Beschwerlichkeiten der Reise zu schaffen. Ganz im Gegenteil. Sein Gang war der eines Sportlers. Er überwand die Hindernisse ohne sichtbare Anstrengung. Sogar die beiden höchsten Erhebungen der Insel, die Kapelle des heiligen Michael (sechsundzwanzig Meter über dem Meeresspiegel) und den Signalmast (zweiunddreißig Meter). Er trug eine kleine ochsenblutrote Mappe und jene Schuhe mit dicken Sohlen, die man in der Nähe der Sorbonne kaufen kann, wenn man zu Fuß durch Tibet wandern will. Wir würden unsere Vorstellung von Verlagsleuten revidieren müssen: nicht alle sind Stubenhocker oder dickbäuchig oder herzkrank. Übrigens muß sich ein Mensch, der Übersetzungen bearbeitet, zwischen den Sprachen, wenn nicht gar den Ländern hin und her bewegen.

Dank dem Telefon wurde ihr Rundgang Meter für Meter verfolgt. Man rief einander von Haus zu Haus an: »Achtung, sie kommen, gleich tauchen sie an der Abkürzung von Keranroux auf, jetzt verlassen sie Kerarguilis ...« Man hätte es für eine Reportage von der Tour de France, die Verfolgergruppe eines Ausbruchsversuchs halten können.

Die beiden Männer redeten. Vom Hafen bis zum Domizil des Übersetzers und auf ihren touristischen Abschweifungen hörten sie nie mit ihrem Geschnatter auf, das kann alle Welt bezeugen. Um genauer zu sein, der eine redete (der Briefträger), und der andere nickte.

Später, nach dem Drama, fragte sich jeder: Habe ich mein Möglichstes getan? Habe ich nicht irgend etwas vergessen, was alles hätte ändern können? Mehr als wir alle wurde der Briefträger mit der Frage konfrontiert: Was hatte er dem Pariser alles erzählt? Hatte er nicht etwas verraten?

Seine Antwort veränderte sich nicht: »Man hatte mir aufgetragen, ihn zu beschwatzen. Ich habe ihn beschwatzt.«

Noch heute halten die Verdächtigungen an. Manche, zu denen ich gehöre, glauben, daß er die Gelegenheit genutzt hat, den Verlagsabgesandten zu bequatschen und ihm seine beiden Forschungsarbeiten *Die Mönche im Archipel (6.-12. Jahrhundert)* und *Die Wahrheit über die Strandräuber* zur Veröffentlichung anzubieten.

Wie dem auch sei, es war ein Freundespaar, das wir am Ende der Allee aus Fenchel ankommen sahen.

Der Übersetzer hatte, nur für den Moment der Begrüßung, auf der Anwesenheit von uns allen, seinen Verbündeten bei der »Operation Ada«, bestanden.

»Danach könnt ihr gehen. Aber diese Leute aus Paris sollen wissen, daß ich keine einsame Wanze bin, die man einfach zerquetschen kann!«

Und er hatte die rechte Faust geballt, bis seine Knöchel weiß wurden.

Er hatte sich wohl auch vorgestellt, daß der beiläufig ausgesprochene Name Saint-Exupéry seine Wirkung tun würde.

Wie verabredet, warfen wir dem Schergen (einem blutjungen, brünetten und schlanken Mann, blaßhäutig und mit ziemlich dicken Lippen, einer Art Student direkt aus dem vergangenen Jahrhundert: man hätte ihn für einen Schweizer oder Engländer halten können, der Musiklehrer in einer Fürstenfamilie in Sankt Petersburg war) unseren warnendsten Blick zu (»Hände weg von unserem Freund!«) und verabschiedeten uns.

»Gut«, murmelte der Übersetzer, »gut«, wiederholte er und schlug mit der rechten Faust, die der zerquetschten Wanze, in seine linke Handfläche.

Wir ließen ihn nicht allein im Angesicht der grausamen Realitäten des Kommerzes. Seine beiden anderen Garden blieben: die Armee der Katzen, die hier und da, an strategischen Punkten auf dem Boden oder, der Übersicht halber, im Feigenbaum saßen. (Zum Glück kam der Wind von Süden und trug ihren Gestank nach tausendjähriger Pisse aufs Meer hinaus.) Was die Schmetterlinge anging, so betrieben sie ihr unkontrollierbares Ränkespiel, die anmutige Erpressung derer, die schnell sterben werden. Damals vertrauten wir ihnen.

»Ich bin nicht Ihr Feind«, sagte der abgesandte Verlegerscherge. »Mein Chef auch nicht. Aber, wissen Sie …«

Er hatte eine ruhige Art und eine sanfte Stimme.

»… unser Metier zwingt uns, der Zeit Bücher zu entreißen, oder vielmehr der Ewigkeit, dem Aufenthalt, an dem sich die Träume von großen Romanen, von vollkommenen Übersetzungen, kurz, die Anwandlungen so wohl fühlen. Haben wir sie einmal aus ihrer gemütlichen Behausung herausgerissen, stellen wir sie in den Raum …«

Er lächelte ziemlich verlegen, als wolle er sich entschuldigen.

»… auf die Auslagetische einer Buchhandlung zum Beispiel.«

Gilles schien es nicht zu kümmern. Er drehte ihm den Rücken zu und kochte Tee. Diese Zeremonie konnte bei ihm zu jeder Tages- und Nachtzeit veranstaltet werden. Tatsächlich war es so, daß sie vor, bei oder nach jedem Eindringen von Menschen in sein Universum stattfand. Ich glaube, der Tee, seine Honigfarbe, seine Wärme, sein zarter intimer Geruch, gaben ihm den Mut, es nun, da Cocteau nicht mehr war, mit seinesgleichen aufzunehmen. Der Tee war für ihn so etwas wie eine leichte Rüstung.

Die Äußerungen des abgesandten Verlagsmenschen erschienen ihm vernünftig, er beruhigte sich, drehte sich um, wies seinem Besucher einen Sitzplatz an und setzte sich ebenfalls. Ein runder Steintisch trennte sie. Eine Akazie spendete ihnen Schatten. Die Katzen, die die Entspannung spürten, zogen ihre Krallen ein. Kurz, statt des vorhergesehenen Kriegs versuchten zwei Bücherfreunde, gemeinsam Mittel und Wege zu finden, Zivilisation (die nötige Dauer für gewissenhaftes Arbeiten) und Kommerz (die Möglichkeit des Nobelpreises für ihren gemeinsamen Autor) in Einklang zu bringen.

»Wir können den 1. September nicht überschreiten«, fuhr der Lektor fort.

»In welchem Jahr?« fragte der verzweifelte Übersetzer in einem letzten Versuch, die Realität zu verleugnen.

Der Lektor ging nicht einmal darauf ein.

»Gut, wir sind uns einig. Ansonsten kann ich mir vorstellen, daß Sie wie wir Ihre wöchentliche Ration an Nabokovschen Beschimpfungen erhalten ...«

»Wirklich, man kann nicht behaupten, daß er an Liebenswürdigkeit erstickt!«

»Darf ich eine Probe sehen?«

Der Übersetzer stand auf, holte einen Stoß fettiger Blätter aus dem Küchenschrank, kam zurück und begann zu lesen:

»23. Juli: *Ungeheuerliche Fehler und unmögliche Manierismen ... ungenügende Englischkenntnisse.* 30. November: *Sinnentstellende Fehler auf jeder Seite ... In die Augen springende Unfähigkeit beim Verfassen von Poesie* ... Soll ich weiterlesen?«

Der Lektor lächelte.

»Beachten Sie das alles ja nicht. Der Mann ist rauh. Wahrscheinlich wegen all seiner Exile. Aber im Grunde schätzt er Ihre Arbeit. Er hat es uns mehrmals wissen lassen, diskret allerdings. Gut, alles in Ordnung?«

Der Lektor war aufgestanden.

»Bleiben Sie nicht über Nacht?«

Der Übersetzer schien aufrichtig betrübt. Vielleicht hätte er seinen Besucher am liebsten mehrere Tage festhalten und ihn sogar an seiner Seite arbeiten lassen wollen?

»Leider nicht, Sie sind nicht der einzige. Vor dem 14. Juli muß ich der Ewigkeit noch vier Manuskripte entreißen. Mein nächster Kunde wohnt oberhalb von Clermont-Ferrand. Ich wage nicht, mir die Züge vorzustellen, die ich nehmen muß, den Alptraum der Verkehrsverbindungen …«

Sie schüttelten sich die Hände. Man sah, wie der Lektor in die kleine Straße einbog, die am Sumpf entlangführt, und bald wieder vom Briefträger begleitet wurde, dem Historiker der Küste.

»Einen einzigen Sommer? Das schaffe ich nie«, murmelte der Übersetzer unter der Akazie, gleichgültig für den Tanz der Schmetterlinge um seinen seemännisch bedeckten Kopf. »Nie, nie. Dieser junge Mann ist reizend, aber Paris hat jedes Zeitgefühl verloren.«

XXVII

Klarsichtiger und tapferer Pfarrer! Nie ließ er sich von seinen Erfolgen täuschen. Er wußte genau, daß der Grund für den Andrang zu seiner sonntäglichen Messe um zehn Uhr nicht der Glaube war. Viele Familien kamen in erster Linie, um sich gegenseitig von Bankreihe zu Bankreihe zu mustern. Scheinheilig lächelnd und langsam den Kopf neigend, taxierte man nicht ohne Genüßlichkeit das Fortschreiten der Krebserkrankung von X. oder die zunehmende Zerrüttung der Ehe der Y.s. Die Jugendlichen, die von einer Information gequält wurden, der zufolge man die Jungfräulichkeit der Mädchen an der Form ihrer Fußgelenke erkennen kann (je feiner sie sind, desto sicherer ist die Verfehlung), ließen die Fluchtlinie der nackten Beine auf den Betstühlen nicht aus den Augen. Offensichtlich trieb es die dicke blonde Cousine schon. Warum sollte man das nicht ausnutzen? Die Kinder dagegen langweilten sich. Manche bis zum Umkippen. Sie wurden auf den Seefahrerfriedhof an die frische Luft gebracht. Zum großen Neid ihrer Kameraden, die sich am folgenden Sonntag daran erinnern würden.

Nachdem das *Ite missa est* gesprochen war, öffnete die

Expoststellenleiterin, eine Frau mit Mumm und Schnurrbart, die Flügeltür und zog am Seil, auf daß die Glocke läute. Draußen unter dem Portal, wo der Duft des Geißblatts sich nach und nach gegen die Weihrauchwolken durchsetzte, wurde lange geschwatzt. An der Wand erinnerten Marmortafeln an die auf See Verschollenen. Dieser tragische Hinweis würzte unsere Regattapläne. Diejenigen, die ihre Pfirsich-Marzipantorte in der Konditorei Dubreuil nicht vorbestellt hatten, gingen als erste.

Der arme Gott, der bei diesen so menschlichen Belangen gar nicht vorkam!

Sein Vertreter auf Erden hatte den Ehrgeiz, Ihn in Seiner Herrlichkeit zu uns zurückzubringen, noch nicht aufgegeben. Um irgendeine religiöse Flamme in uns zu entzünden, rackerte er sich ab, indem er seine Besuche vermehrte und im Wohltätigkeitsverein tagtäglich neue Aktivitäten ins Leben rief. Aber sein Hauptfeldzug war historischer Natur. Im Organ der Pfarrei, *Le Cormoran*, erinnerte er an die alten Zeiten und beschämte uns. Mit jedem in eleganter, präziser, unerbittlicher Sprache verfaßten Artikel bohrte er in der Wunde:

1. Schon im 5. Jahrhundert, dem hohen Mittelalter, einer von Ignoranten als »finster« bezeichneten Epoche, wurde unsere Gegend von hochstehenden Männern bewohnt. Allen Gefahren trotzend, waren sie in geflochtenen kleinen Ruderbooten und anderen behelfsmäßigen Wasserfahrzeugen aus Irland und England herübergekommen. Sie waren von einem Ideal beseelt: dem heiligen Antonius, dem Ägypter, nachzufolgen, die Welt und

ihre Versuchungen zu fliehen, in die Wüste zu gehen, um unter vier Augen mit dem Allerhöchsten zu sprechen. Bei uns angekommen, fanden sie ihr Glück: Was gibt es Öderes als einige von Wasser umgebene Morgen Granit? Ein jeder auf seinem Felsen, richteten sich der heilige Budoc, der heilige Maudez, der heilige Riom und ihre Jünger ein. Sie ernährten sich von Algen und Fisch und lehrten vierhundert Jahre lang das Wort Gottes. Dann wurden sie von den mordenden Normannen (Pleonasmus) überrannt.

2. Im 15. Jahrhundert eine neue spirituelle Welle. Ordensbrüder der Minoriten (Franziskaner) konnten den weltlichen Trubel der Städte nicht mehr ertragen. Sie kamen auf unsere »Grüne Insel«, um Ruhe und Frieden zu finden. Hier blieben sie bis zur Revolution.

3. Und heute seht ihr in diesen glückseligen kleinen Inseln nur Stützpunkte für eure Picknicks, nur Sanktuarien von Krabben und … Wann werdet ihr den Geist der Transzendenz wiederfinden?

Abends, bei unseren rituellen Spaziergängen – die Kinder waren trotz des verbleibenden Lichts eingeschlafen, das wie im Sommer in Sankt Petersburg ewig anhielt –, betrachteten wir beschämt das Archipel. Wie sollten wir unserem lieben Pfarrer unrecht geben? Das Grandiose blieb, diese unermeßliche Landschaft aus versunkenen Ruinen, durch die die grauen Arme der Strömung flossen. Die Inbrunst aber war dahin.

XXVIII

»Allerliebste Brüder, dieser russische Herr Nabokov …«

Die Predigt am 15. August kam überfallartig. Der Pfarrer war wie sonst nach dem Bibelzitat des Tages mit der erforderlichen Feierlichkeit auf die Kanzel gestiegen: Knacken der jeweils betretenen Stufe, Rascheln des Meßgewands, theatralisches Erscheinen des Predigers, ausholende Bewegungen seiner weiten Ärmel. Die Stimme von Schwester Marie, der Vorleserin, ihr weinerlich-altjüngerlicher Tonfall hallte noch in der Kirche nach. Verstohlen sahen die Gläubigen auf ihre Armbanduhr. Schon fast zwölf. Würde er lange salbadern? Draußen war so schönes Wetter …

Nach diesen sechs Worten hatte er innegehalten, und sein Auge blickte zürnend.

»Allerliebste Brüder, dieser russische Herr, den ihr, wie es scheint, übersetzt, ist von Seiner Heiligkeit, dem Papst, verdammt worden …«

Er schwenkte ein Taschenbuch.

»In diesem zotigen Werk verführt ein vierzigjähriger Mann ein Kind. Und ihr wollt euch zu Komplizen einer solchen Schande machen? Ihr, Françoise, Thierry, Loïc, Véronique, Bénédicte …«

Er nannte nacheinander alle Sünder, die sich sprachlos ansahen. Die Kirche hatte sie nicht an eine solche Heftigkeit gewöhnt. Darauf bedacht, ihre Zuhörerschaft zurückzugewinnen, zeigte sie sich in letzter Zeit eher verführerisch, verlockend, unendlich verständnisvoll …

»… Pascal, Jeanine, Henri, Nadine … Ich lasse euch mit eurem Gewissen allein!«

Mit einer wutentbrannten Handbewegung schleuderte er *Lolita* auf die Plane, die unten auf der Westseite mehr schlecht als recht die Schubkarren, Kreuzhacken und Schaufeln bedeckte, das Werkzeug für die laufende Instandsetzung. Dann stieg er hinunter und beendete die Messe.

Nie seit Pfarrkindergedenken hatte ein Pfarrer an einem Feiertag so wenig gesprochen.

XXIX

Jeden Freitag aß der Pfarrer auf der Terrasse der Schwestern Colette und Marguerite zu Mittag. Sein Vorgänger hatte es ebenso gehalten. Und der Vorgänger seines Vorgängers.

Diese Gewohnheit ging auf die fünfziger Jahre zurück, als die beiden Schwestern, nicht damit zufrieden, eine vollblütige Herkunft zu pflegen, über die Insel herrschten. Sie wurden bei allem zu Rate gezogen. Ihr Urteil war gefürchtet. In schweren Fällen luden sie vor. Wie viele Süßholzraspler, überführt, ein wehrloses junges Mädchen geschwängert zu haben, wurden auf dieser berühmt-berüchtigten Terrasse von vier unerbittlichen blauen Augen zur Heirat verdonnert. Vielleicht die Hälfte der männlichen Insulaner!

Das freitägliche Mittagessen war das Stelldichein der Mächtigen, ein mit Muscadet-sur-lie begossener Ministerrat.

Seither war viel Wasser ins Meer geflossen. Das Trio hatte nicht mehr die einstige Macht. Die Gespräche ähnelten denen einer Regierung im Exil: nebulöse Rückeroberungspläne, Wut auf die Entwicklung der Welt – und Wehmut, vor allem Wehmut.

An jenem Tag rührte der Pfarrer den Seebarsch nicht an, obwohl der am selben Morgen gefangen worden war. Die Niedergeschlagenheit hatte ihm jeglichen Appetit geraubt.

»Unsere Insel wird wieder heidnisch.«

Colette und Marguerite begleiteten ihn an den Strand zurück. Statt um die Bucht herumzugehen, hatte er beschlossen, sie zu durchqueren. Sie amüsierten sich über die Szene: Ein Kirchenmann in Soutane in einem kleinen Prahm, der wie ein Seemann wrickt. Sie fragten sich, ob man auf dem See Tiberias auch so, mit einem einzigen Ruder, vorwärtszukommen verstand.

In ihrem hohen Alter (sie waren vor Beginn des Jahrhunderts geboren) gestatteten sich die beiden Schwestern ein paar heimliche Freiheiten. Wenn ihre ganze Familie an den Strand oder zum Segeln gegangen war, schlossen sie sich im Wohnzimmer ein. Und wie Backfische errötend und kichernd, hörten sie auf dem Teppaz-Plattenspieler Brassens, den in dieser Gegend so lange verbotenen Dichter. Er lebte an der Mündung des Trieux, genau auf der anderen Seite des Ärmelkanals.

Nach dieser Erholungspause nahmen sie ihre Lieblingsplätze wieder ein, zwei Stühle auf der Terrasse. Sie strickten und schauten. Sie reichten einander das Fernglas, ein Modell aus dem Ersten Weltkrieg, ganz aus Kupfer und Leder, von Grünspan zerfressen. Sie empfanden keinerlei Sehnsucht nach der verflossenen Zeit ihrer Herrschaft. Der Pfarrer hatte recht gehabt, die Insel wurde wieder heidnisch.

XXX

Unerträgliche und gefährliche Ada!

Eine andere als sie hätte sich in Anbetracht der Umstände und in Würdigung unserer Anstrengungen erweichen lassen. Sie hätte mit ihren Luftsprüngen aufgehört, hätte sich uns gegenüber an den mit hingehauenen Rohentwürfen übersäten Tisch gesetzt und halb lachend, halb gerührt gesagt: »Gut, ich habe euch genug gequält. Schluß mit dem Spielen! Was kann ich für euch tun?«

Kein derartiges Entgegenkommen von seiten unserer Ada; nicht das geringste Mitleid. Im Gegenteil, die Tage vergingen, der Abgabetermin rückte folglich näher, und sie zeigte sich immer weniger greifbar: die Quintessenz einer wahren Kokotte.

Kaum hatten wir sie mit klopfendem Herzen bei der Hand genommen, kaum hatten wir sie in die für sie vorbereitete Bleibe geführt, dieses noch weiße Blatt Papier, in das sich vielleicht, wenn Gott und unsere Freundin es wollten, das 8. Kapitel des zweiten Teils (französische Version) einschreiben würde – »*Da Van wußte, wie sehr seine Schwestern russische Kost und russisches Kabarett liebten, führte er sie am Samstagabend ins ›Ursus‹, das beste franco-estotische Restaurant in Groß-Manhattan*« –, kaum hatten wir ihr zu ihrem Abendkleid (kurz, ausgeschnitten und von gazeartigem Schwarz) gratuliert, machte sie sich, so schnell sie konnte, davon.

»Nein, verzeiht mir, wo hatte ich nur meinen Kopf? Eine andere Verpflichtung ...«

Und von dem Abend an sahen wir sie nicht mehr.

Schlimmer noch, vor allem nach den Beschuldigungen des Pfarrers: Sie flüchtete nicht nur, sie verkleidete sich oder nahm in Jugendlichen der Insel, die sie um nichts gebeten hatten, Gestalt an. Dieses Fräulein dort, das auf dem weichen Strand träumte und mit dem rechten Knie langsam den Takt schlug, war das nicht unsere Ada? Man kann sich vorstellen, wie eilig wir zu ihr hinliefen, wir, die wir seit Stunden ihre Spur verloren hatten, und wie eifrig wir uns um die blutjunge Liegende bemühten. Die uns, angewidert von so viel Getue und Lüsternheit, abwies. Nein, ich bin keine Russin; ist Ihnen nichts Intelligenteres eingefallen? Am nächsten Tag stellte Ada uns wieder eine Falle. Dieses entkräftet weit draußen in der Bucht treibende Mädchen ... Diesmal war kein Zweifel möglich. Wir schwammen in rasenden, tolpatschigen Zügen zu ihr hin, bis wir das Kind sein symbolisches Bikinioberteil wieder anziehen sahen und es uns wütend zurufen hörten: »Was wollen denn all diese Alten von mir?«

Alt? Wir waren noch keine dreißig, und schon drohten die Eltern uns Strafverfolgung an.

Die Frau des ewigen Doktoranden, seine heißgeliebte Augenärztin, war nach Paris zurückgefahren.

»Wozu soll ich denn hierbleiben? Du siehst mich nicht einmal mehr an.«

»Aber Liebling, dieses Buch …«

»Bücher sind um das Herz herum errichtete Mauern.«

Was Madame geb. Saint-Exupéry anging, unsere geliebte Generalin und Pflegemutter, so war auch sie mißtrauisch. Sie hatte ihre liebliche Catherine eingesperrt, die uns im Sommer zuvor so viele Blumen gebracht hatte und deren Geruch nach Seife wir entzückt schnupperten. Anscheinend, hat sie uns später anvertraut, waren damals, Ende August, in unseren Blicken auf die vorhandenen und künftigen Schätze ihrer Tochter starre, unsittliche Funken.

Ein weiterer Trick von Ada.

Wer könnte mit Hilfe welches magischen Netzes diese Dämonin ein für allemal einfangen?

Niemand wäre in diesem Moment darauf gekommen, die Ionosphäre um Hilfe anzurufen.

XXXI

Immer häufiger scharte Madame geb. Saint-Exupéry uns zum Abendessen um sich. Sie hatte sehr wohl verstanden, daß ihre Mannschaft von Satzbauern, vor allem nach dem Besuch des Verlagsabgesandten, von Entmutigung bedroht war. »Welcher Wahnsinn hat uns dürftige Anglisten ergriffen, daß wir es mit dem Berg Nabokov aufnehmen wollen?« Um diese schädlichen kleinlauten Stimmen der Hellsichtigkeit zu übertönen, war nichts besser als der Muscadet-sur-lie (von der Domäne Le Bois Malinge). Nach zwei, drei Gläsern kehrte unser Vertrauen zurück. Und im betörenden, fast süßen Duft des Geißblatts, rund um den Steintisch, auf dem die zerrupften Schalen der Einsiedlerkrebse liegengeblieben waren, diskutierten wir bis in die Puppen über die französische Sprache, ihre Kadenzen, ihre Anklänge, ihre ständige Zurückhaltung, ihre unverbesserliche Liebe für die Abstraktion, diese so schwer aus der Fasson zu bringende Grammatik. Hatte Ada, unsere launenhafte Ada, ihren Platz in diesem Garten der Richtlinien und der Ordnung?

Dadurch, daß wir sie so oft erwähnten, kam die französische Sprache und nahm unter uns Platz. Wie ein anderswo festgehaltener Gast, der aber trotzdem zum Kaffee vorbeischauen will. Wir spürten sie auf leisen Sohlen kommen, eine umfassende mütterliche Präsenz in der Nacht. Von neuem (trotz der Domäne Le Bois Malinge) halbtot vor Schüchternheit, riefen wir, um sie festzuhalten, die Namen derer auf, die ihr am besten gedient hatten: Montaigne, La Fontaine, Stendhal, Apollinaire … Sie schien zufrieden: »Ihr seid gute Kinder.« Sie erzählte uns die Geschichte anderer Gruppen, lange vor unserer, die sich auch um einen Tisch versammelten, um über sie zu sprechen: die Mitglieder der Pléiade; die Preziösen (»Warum hat man sie *lächerlich* genannt? Ist es denn ein Verbrechen, wenn man die Alltagssprache bereichern will?«), die Surrealisten (»Wie sehr ich über ihren verschwörerischen Stolz lachen mußte! Schließlich habe ich ihnen diese berühmten *écritures automatiques* diktiert …«).

Plötzlich, in einer etwas kühleren Luftbewegung, verließ sie uns: »Arbeitet gut!« Wir schwiegen. Sie hatte die Wörter mitgenommen. Es war die Stunde, da jeder im Dunkeln nach Hause gehen mußte. Ein schnell in der Heide verstreutes Grüppchen von Waisen, das nur vom zittrigen Schein einer Taschenlampe geleitet wurde.

An diesem Abend wurde nicht über die französische Sprache, sondern über Musik gesprochen. Wir spürten, daß unsere Gastgeberin kribbelig war. Sie zappelte, drehte und wendete sich, trommelte nervös auf allen Oberflächen, die in ihre Reichweite kamen. Sie sah auf ihre Armbanduhr. Hatte sie jemanden eingeladen, der nicht kam? Nach dem Gratin dauphinois hielt sie es nicht mehr aus, stand auf und verschwand im Haus. Und bald drangen durch das weit geöffnete Fenster lange Wellen Cembalomusik.

Ein recht lebhaftes Ritornell, eine Art in sich selbst zusammengerollter Tanz. Kaum endete die Melodie, so begann sie mit der gleichen, etwas gebrochenen Fröhlichkeit von neuem. Ein Lied, rund wie eine Manege, wie umschlingende Arme.

»Nun?«

Madame geb. Saint-Exupéry erwartete unser Urteil. Sie war dreißig Jahre jünger geworden. Sie errötete, ihre Hände verschränkten sich und lösten sich, sie versank in einem blaugeblümten Kleid, das aus einer anderen Zeit zu stammen schien. Ein Backfisch, der seine Familie zu fragen wagt: »Nun, mögt ihr die Musik, die ich mag?«

Wir spürten, daß sie an diesem Abend zerbrechlich war wie Glas, daß sie bei der geringsten Zurückhaltung in Schluchzen ausbrechen würde. Wir antworteten ihr mit begeisterten Banalitäten: »Oh, dieses subtile Wiederaufnehmen, oh, der Kreislauf des Themas …«

Sie hörte uns nicht zu. Mit der Stimme eines entzückten Kindes erklärte sie uns: »Couperin. Ich habe endlich das Lieblingsstück unseres Gilles wiedergefunden, *Les baricades misterieuses*. Sie hatten damals komische Titel, nicht wahr? Und eine komische Orthographie. *Barricade* mit einem r und *mystère* ohne y. Erlauben Sie?«

Sie verschwand wieder.

Und wir hörten wieder das Cembalo.

Wir stellten uns auf die Zehenspitzen. Mit einem Kopfnicken grüßten wir unser junges Mädchen. Sie sah nichts und niemanden. Tief in einen Sessel geschmiegt, sah sie gebannt zu, wie die Schallplatte sich drehte. Wir haben sie in Gedanken geküßt. Viel Glück, Madame, wird es Ihnen eines Tages gelingen, diese *baricades misterieuses* zu überwinden?

Wir wußten, welche Art von Leidenschaft sie für Gilles hegte. Im Farnkraut versteckt, wohnten wir jeden Abend der gleichen Szene bei: Madame geb. Saint-Exupéry kommt mit einem Geschenk. Gilles brummt ein Dankeschön, nimmt die Flasche Château Beychevelle oder die Kupferkasserole mit wie im Fieber geköcheltem Coq au vin oder die für den Winter gestrickten Fausthandschuhe entgegen. Sie bleiben eine Weile voreinander stehen, ohne sich anzusehen. Und dann ist es vorbei. Der Übersetzer kehrt zu seinen Katzen zurück, die Verliebte zu ihren Jungmädchenträumen.

XXXII

¿Donde se esconde el sexo en esta puta de isla?

Als er die Sechzig erreicht hatte, war Señor José María Fernandez nicht mehr von der gleichen Raserei besessen, die seine Jugend zum Leuchten gebracht hatte. Vierzig Jahre lang war fast keiner seiner Tage zu Ende gegangen, ohne daß ein Abenteuer, wild oder zärtlich, zwielichtig oder gutartig, aber immer unvorhergesehen, ihn erfreut hätte. Allerdings wohnte er in jener glücklichen Zeit in Buenos Aires. Diese Metropole mit zwölf Millionen Einwohnern, Zufluchtsort und Schmelztiegel aller Rassen, Endstation aller Irrfahrten, bietet unendliche Möglichkeiten für die Kombination der Körper und, zuweilen, der Seelen.

Lauter in den achtundzwanzig Tagebüchern, von denen er sich nie trennte, verzeichnete Schätze. Er hatte sie dankbar *Homenaje personal a la Ciudad* getauft.

Aber ach, das Exil hatte seinen Begierden einen verhängnisvollen Schlag versetzt. Oft senkte er den Blick auf seinen Hosenstall und seufzte: »Dieses beschissene europäische Grau in Grau schläfert mir die Hose ein!«

Da ein Kollege ihm das stärkende Klima unseres Archipels empfohlen hatte, mietete er für den August eine reizende Kapelle, ihrer ursprünglichen Bestimmung entzogen, mit unverbaubarem Blick auf das Watt (außer bei Flut). Seine Ferien verliefen wie vorhergesehen, träge und reich an Jod, mit jenem Gehalt an Langeweile in der Atmosphäre, der angeblich ausgezeichnet für die Gesundheit ist. Etwas quälte ihn jedoch. Wenn er nachmittags, hinter dem Busch türkisblauer Hortensien vor dem Westwind geschützt, in seinem Liegestuhl lag, erging er sich in Mutmaßungen über die erotischen Gewohnheiten der Eingeborenen. Er wußte es, er spürte es: Der Sex trieb sich überall auf der Insel herum. Und doch, trotz unentwegter Spaziergänge, hartnäckigem Auf-der-Lauer-Liegen, nächtlichem Stehen mit an die geschlossenen Fensterläden gepreßtem Ohr, bekam er nichts mit. Weder ein visuell festgestelltes flagrantes Delikt noch auditiv aufgenommene Indizien. Nur gewisse duftende Dunstwolken konnten den Gedanken nähren, daß sich in der Gegend gerade ein Coitus abgespielt hatte. Aber unterscheiden Sie mal, ohne sich zu vertun, zwischen diesen menschlichen Wohlgerüchen und dem Moschus eines modrigen Herbariums im flachsten Meer … Er verbohrte sich nicht in seine Nachforschungen, da er wußte, daß der Sex sich am Ende immer enthüllt. Man brauchte nur zu warten.

Diese Gedanken hatten eine latent vorhandene Sehnsucht neu entfacht. Eins nach dem anderen sah er die Viertel seiner Stadt vor sich, die intimen Feste, die er dort erlebt hatte. Den Friedhof de la Recoleta und seine unermüdliche Irin, die sich vor Gespenstern fürchtete. Den unerschöpflichen Fischgrund der Galería Pacifica. Das

Café Tortoni, in dem er jeden Mittwoch mit einem leidenschaftlichen Freudianer verabredet war; er trug in seinem Diplomatenkoffer die *dulce de leche* bei sich, mit der er sich später, im Hotel Los Tres Sargentos so gern einreiben ließ …

XXXIII

Eines Abends, als er es nicht mehr aushielt, beschloß José María Fernandez, die andere Seite des Atlantiks anzurufen. Dazu verfügte er über das entsprechende Gerät, die kleine Ausrüstung für die im Exil Lebenden, die sich nicht alle naselang interplanetarische Telefongespräche leisten können: das Nesthäkchen der Technik, einen Sender-Empfänger TS 801, den er im Monat zuvor bei Vareduc in Courbevoie gekauft hatte.

Die Funktechnik ist eine alte und lebendige Tradition in Argentinien, wo der Raum gewaltig und der Horizont frei ist.

Er lud seine Geräte auf eine Karre und begab sich in den Norden der Insel, in die Umgebung des Leuchtturms, dorthin, wo die Heide im Meer endet. Er sah sich den Himmel an, eine einheitlich graue Weite, die nur im Westen von einigen roten Lichtspuren durchbrochen war. Der Tag ging zur Neige. Den Vorhersagen zufolge war dies der günstigste Moment, um mit Südamerika in Verbindung zu treten: die in der Bretagne ausgesandten Signale würden in gebotener Weise von der ionosphärischen Schicht abprallen, um den Río de la Plata zu erreichen. Man mußte sich vor dieser launenhaften und gefräßigen Ionosphäre in acht nehmen: Wenn die Sonne ihre Elektronen nicht ausreichend bewegte, schluckte sie alles, was man ihr sendete, ohne etwas dafür zurückzugeben. Und gerade in jenem Jahr 1974 war die zyklische Aktivität der Sonne äußerst gemächlich …

Im nachlassenden Licht postierte er seine Geräte auf einem flachen Felsstück, das Juwel TS 801, die Batterie, und zwischen zwei halb verfallenen Zollhäuschen spannte er den sehr langen Draht der Antenne. Er setzte sich auf einen Klavierschemel, den er immer bei sich hatte (ein Geschenk seiner Lehrerin Clara Haskil), und stellte seine Frequenz ein: 14 MHz. Wie jedesmal, wie früher in seiner Jugend, wenn er sich vor dem Spiegel pedantisch kämmte, seinen Schnurrbart stutzte, um sich auf Frauenfang zu begeben, klopfte sein Herz: »Wen werde ich heute nacht treffen?« Die Leidenschaft für Begegnungen war das Salz seines Lebens.

Er drehte an dem Ebonitknopf. Und sogleich stimmte der Planet seine ihm liebgewordene Art von Singsang an: Pfeifen, Wimmern, Rauschen. War das echter Schmerz oder nur der Wind der großen Rotation der Welt um sich selbst? Er lauschte lange diesen unartikulierten Klagen, aus denen sich schüchtern menschliche Stimmen einen Weg bahnten. Schließlich entschloß er sich.

»F5NLZ ruft Argentinien, F5NLZ ruft Argentinien. Ich schalte auf Empfang.«

»F5NLZ, hier LUZCX. Na, OM, immer noch so eine treulose Tomate? Bitte melden.«

»OM«, *Old Man,* so nannten sich die Amateurfunker untereinander. Señor Fernandez lief es kalt den Rücken hinunter. Gleich bei den ersten Buchstaben hatte er trotz der schlechten Tonqualität Julia erkannt, eine seiner ehemaligen Bräute. Vor ihrem Mann versteckt, einem Arzt von Don Bosco, hatte sie in einem Studio neben ihrer Wohnung eine Funkstation eingerichtet und versuchte verzweifelt, mit ihrer Vergangenheit Verbindung aufzunehmen. Ach, wenn die Ionosphäre eines schönen Tages die Sehnsucht und die Gewissensbisse ganz und gar verschlingen könnte, die mit ihr einhergehen! Señor Fernandez zeigte sich so liebevoll, wie er konnte. Er versprach sogar, Weihnachten in die Heimat zurückzukehren. XYL (das ist der Code für die Ehefrauen: *Ex Young Lady*) war selig. Der Vorteil von Ferngesprächen ist ihre Kürze: es ist üblich, sie nach drei, vier Minuten abzubrechen.

Zahlreiche alte Freunde warteten darauf, an die Reihe zu kommen. LU6BP, der Gefährte der nächtlichen Bummel in Verkleidung durch die Nachtlokale von La Boca. LU5CM, ein fanatischer Anhänger von River Plate, der jedem, der wollte, seine Frau zeigte …

Man hat sich nicht mehr viel zu sagen, wenn man sich so viele Jahre nicht gesehen hat. Diese vergänglichen Präsenzen am anderen Ende des Planeten wirkten ebenso tröstend wie herzzerreißend.

Er versuchte einen letzten Zuruf.

»F5NLZ an Argentinien. Hat jemand Neuigkeiten vom Meister?«

XXXIV

Gott hatte gewollt, daß Señor Fernandez dem Schriftsteller Jorge Luis Borges eines seiner schönsten Geschenke machte: ein nobelpreiswürdiges Photo. Welches andere Präsent hätte den, der wie Vladimir Nabokov jeden Herbst die höchste Auszeichnung erwartete, mehr erfreuen können? Ihm war nicht unbekannt, daß die Übersetzer ins Schwedische und ins Englische zwei der besten Schlüssel zur Akademie besitzen und daß der Fotograf den dritten in seinem Kasten schön warm hält. Ein Schriftsteller ist ebensosehr ein Gesicht wie ein Stil. Ohne Bart und spillerig, hätte Hemingway bestenfalls ein Guggenheim-Stipendium bekommen.

Bei dem furchtbaren Gesellschaftsspiel um den Nobelpreis hatte der Photograph Borges mindestens fünf Felder vorangebracht: Von oben, gleichsam mit einem göttlichen Objektiv aufgenommen, die Füße inmitten einer Windrose, hatte er ihn unsterblich gemacht. Apotheotisches Licht, heiterer Stolz auf dem Antlitz, ein Symbol vollkommener Universalität. Ein solches Negativ war mindestens soviel wert wie zwei bejubelte Bücher über das Unglück Afrikas.

»Ich bin da«, murmelte eine Piepsstimme, drei kaum

geflüsterte Silben, die schon im Getöse der Störgeräusche untergingen.

Die Legende war also wahr. Wenn der alte Blinde trotz der Millionen von Büchern um sich herum und der Hunderte von Geschichten, die, ungeduldig darauf wartend, erzählt zu werden, in seinem Kopf stampften, vor Einsamkeit umkam, schloß er sich in seinem Büro in der Nationalbibliothek ein und ging ins Netz. Dort blieb er stundenlang, ohne etwas zu sagen. Er lauschte der menschlichen Gattung. So versicherte er sich mehr schlecht als recht bis zum nächsten Tag ihrer Existenz. Die Realität der Welt erschien ihm so wenig sicher …

Señor Fernandez schaltete verstört seinen heißgeliebten TS 801 ab. Das Fenster hatte sich wieder geschlossen. Die Ionosphäre dort oben sandte nicht mehr das geringste Signal zurück. Es war Nacht geworden. Ein jetzt wolkenloser, mit Sternen übersäter Himmel erhellte die Heide. Man hörte nichts mehr als das Plätschern der Strömung.

XXXV

Ganz mit seinen Operationen beschäftigt, hatte Señor Fernandez die Insel vergessen. Als er anfing, seine Ausrüstung auf den Karren zu laden, bemerkte er, daß er nicht allein war. Eine auf leisen Sohlen hinzugekommene Menschenmenge sah ihm (wie lange schon?) bei der Arbeit zu.

Madame geb. Sainte-Exupéry trat näher. Ihr gekräuseltes blondes Haar schimmerte im Mondlicht.

»Ich störe doch nicht?«

Beinah hätte er geantwortet, als würde er noch funken: »F5NLZ auf Empfang.«

»Aber nein …«

Unsere Chefin erklärte die Situation, diese *Ada*, die sich nicht übersetzen lassen wollte, die Feindseligkeit der religiösen Autoritäten, die Grausamkeit der Pariser Verleger …

Wäre Monsieur Fernandez bereit, ihr und uns zu Hilfe zu kommen? Es mußte doch sehr beschlagene Frankophone unter seinen Funkpartnern geben. Bei den Wettbewerben in französischem Diktat waren immer die am weitesten entfernten Freunde der französischen Sprache die Sieger. Alle Männer und Frauen guten Willens mußten ihre Kräfte vereinen. Und vor unserer hingerissenen Truppe schloß sie philosophisch: »Sind die Übersetzer und die Funker nicht die unersetzlichen Vermittler des zwischenmenschlichen Dialogs, des Humus eines beständigen Friedens?«

Der Señor hatte schon sein Einverständnis erklärt (»Ich stehe zu Ihrer Verfügung, der TS 801 wird Sie nicht enttäuschen«), als sie mit einer plötzlichen, bei dieser so diskreten, schamhaften Frau eher unerwarteten Großspurigkeit hinzufügte, daß die Luftpostfliegerei ihres Vorfahren Antoine Teil desselben planetarischen Projekts gewesen sei.

Es wurde vereinbart, sich am nächsten Abend, um die Zeit, da die launische Ionosphäre vielleicht geruhen würde mitzuwirken, wieder zu treffen.

Und so kam es, daß wir uns bis Ende August jeden Abend, wenn die Nacht hereinbrach, um Señor Fernandez und sein Gerät versammelten.

Während wir darauf warteten, daß die Ionosphäre freundlicherweise erwachte, erzählte er uns sein Leben. Im Kreis auf der Heide sitzend, hörten wir ihm mit offenem Mund zu.

Er hatte eine Karriere als Pianist begonnen. Schumann, Chopin ... Sein Anschlag fand Anklang. Wäre er ohne den Unfall vom 18. Juni 1965 zu Ruhm gelangt? An jenem Tag war er über den schlecht befestigten Läufer einer Hoteltreppe gestolpert und gestürzt. *Mit nach vorn gestreckten Händen* gestürzt, also ohne sich schwer zu verletzen. Das gleiche, genau das gleiche Mißgeschick war im Bahnhof von Brüssel-Mitte seiner Lehrerin zugestoßen, der unbezwingbaren, zarten, mythischen Clara Haskil. Aber sie, die echte Musikerin, hatte, als sie das Unglück kommen sah, *ihre Hände nach hinten gestreckt*, um sie zu schützen. Daraufhin war ihr Kopf auf eine Stufe aufgeschlagen, und sie war an den Folgen gestorben.

Während sich die Pagen in ihren zum Anbeißen hübschen Uniformen – rote Westen mit Goldknöpfen und enge, die Nüsse abzeichnende Hosen – um ihn bemühten – »Ist alles in Ordnung, mein Herr? Sollen wir einen Arzt rufen?« –, sagte er sich wieder und wieder: Alles ist klar, ich bin nicht würdig, ich habe meine Finger nicht geschützt!

Sobald er wieder auf den Füßen stand, annulierte er alle seine Engagements, verbrannte sein stummes Klavier und wurde Photograph. Wer nicht *alles*, bei seinem Leben angefangen, der Musik opfert, verdient den Titel Musiker nicht. Er ließ sich in Paris nieder und verdiente nunmehr seinen Lebensunterhalt mit Photos zum Tagesgeschehen für verschiedene spanischsprachige Zeitungen. Wenn sein Auge hinter der Leica ermüdete, ruhte er es aus, indem er die Ohren spitzte.

»Was für eine wunderbar umfassende Existenz«, rief Madame geb. Saint-Exupéry.

»Sind Sie auch bisexuell?« entgegnete der Argentinier.

Plötzlich sah er auf seine Uhr und stürzte zu seinem TS 801: Wenn das Register stimmte, war die Ionosphäre aus ihrem Schlaf erwacht.

»F5NLZ José an alle, ich wiederhole: F5NLZ José an

alle. Kann jemand ›*their immoderate exploitation of physical joy amounted to madness*‹ ins Französische übersetzen?«

Nach einer langen, erstaunten Stille antworteten die unterschiedlichsten Akzente, der wiegende karibische, der synkopierte afrikanische, der abgehackte vietnamesische.

»Hier HH6CD Jean Maximin, alles Gute aus Port-au-Prince, *exploitation* zu abstrakt, schlage vor: verzehren, verschlingen ...«

»XU7VA Pnom Penh, Khien, wieder ein kommunistisches Attentat, Vorschlag *immoderate* und *amounted* zusammenfassen zu ›verschwenderisch‹: ›lebten Lust verschwenderisch aus‹.«

Zwischen zwei Gesprächen mit den Erdbewohnern nahm der Amateurfunker seine Kopfhörer herunter und wischte sich die Stirn ab.

»Die Frankophonie ist eine schöne Familie!«

Doch indem er sich zu seiner ganzen geringen Größe aufrichtete, fügte er zu sich selbst hinzu: »Unterdessen erobert das Spanische die Vereinigten Staaten!«

Wenn der Himmel stumm blieb – ein Zeichen dafür, daß die Ionosphäre ihre Dienste verweigerte –, nahmen wir leise, um die Luft nicht zu belasten, unsere Unterhaltung wieder auf. Juliette hatte heiße Getränke mitgebracht und Crêpes Suzette, die leichter waren als der Wind. Das Gespräch kam unweigerlich auf die Stürme. Hartnäckige Legenden besagten, daß unsere Vorfahren an ebendieser Stelle, der von Riffs unsicher gemachten und von den Strömungen ausgewaschenen Nordspitze der Insel, dem

Geschäft der Strandräuberei nachgingen. Aber war es der richtige Moment, unsere wenig glorreiche Vergangenheit aufzurühren, während sich um der Schönheit Adas willen die Jungs der Welt brüderlich die Hand reichten?

XXXVI

Ada hatte verstanden. So ungreifbar, unbeständig und nomadenhaft sie auch war, sie wußte, daß sie weder von unserem Planeten noch aus den ihn umgebenden Räumen flüchten konnte. Wohin sie auch fliehen würde, ein Amateurfunker würde sie mit Hilfe der Ionosphäre immer wieder einfangen.

Diese Art unsichtbarer Käfig um sie herum hätte sie erzürnen können. Doch sie sah darin die schönste Hommage. Geschmeichelt (vergessen wir nie den Anteil von Koketterie in ihrer Natur) beschloß sie, sich etwas umgänglicher zu zeigen. Und endlich die alles in allem angenehme Bleibe zu akzeptieren, die wir ihr boten: die französische Sprache.

»Endlich!« wiederholte Gilles, mit kriegerisch sitzender Seemannsmütze, die Lippen von einem glücklichen Grinsen verzogen, während seine Finger über die altertümliche Remington galoppierten, »meine Ada, ich glaube, daß ich dich endlich zu fassen gekriegt habe!«

XXXVII

Für seine Hilfe verdiente Señor Fernandez wirklich ein Geschenk. Man bat ihn, einen Wunsch zu äußern. Er dachte nach, runzelte die Stirn.

»Ich möchte einem örtlichen Brauch beiwohnen.«

Wie alle Argentinier, die Söhne europäischer Einwanderer sind, hatte er eine rührselige Leidenschaft für die Riten unserer Stämme. Man sagte ihm, er möge sich zwei Tage gedulden, bis die Sonne und der Mond günstig stünden. Und man verabredete sich mit ihm für den 22. August um elf Uhr dreißig am Bec-Sanson genannten Strand, in seetüchtiger Kleidung.

Er haßte es, sich umzuziehen, da allzu viele Freunde in Buenos Aires in den Bequemlichkeiten des Transvestismus versackt waren. Er kam in seiner üblichen Kleidung zum Strand. Er war nur bereit, seine beigefarbene Hose bis zu den Knien aufzurollen. So ging er an Bord der Beluga unserer Familie: eine Perle in der Krawatte, pomadisiertes Haar, rotes Hemd, weißes Seidenjackett, von Lakritzbonbons duftender Atem, seine Kameras um den Hals gehängt: eine Leica, zwei Nikons (ein örtlicher Brauch muß verewigt werden).

Ein leichter Wind belebte die Luft, das den Herbst ankündigende gelbe Licht hüllte die ganze Welt in eine Art Herrlichkeit, und eine Armada bedeckte das Meer. Alle möglichen Wasserfahrzeuge: edle Jachten aus honigfarbenem Mahagoni, gedrungene Ketschen, plumpe Fifty-Fiftys, Boote, rund wie Nußschalen oder vorn aufgebogen wie Schneepflüge, Plastikbadewannen in allen Größen, Schnellboote mit Kajüten, hoch und grotesk wie Schilderhäuschen, Schlauchboote wie schwarze Blutwürste, Kanus, Kajaks, Ruderjollen, alle gespickt mit drohenden hohen Fangnetzen: ein vollständiger Katalog aller möglichen schwimmenden Objekte – so muß den deutschen Augen die heteroklite Flotte vom 6. Juni 1944 erschienen sein.

Señor Fernandez füllte seine Sinne. Seine Lungen schmeckten das Jod und die Abgase. Seine Augen, die an die Einheitsfarbe, hellbraun, des Río de la Plata gewöhnt waren, fragten sich, wie so viele Farben im Meer zusammensein konnten: reines Smaragdgrün, tiefes Indigoblau, Silber, Schwarz … Seine Ohren weideten sich an den für französische Familien so typischen Meckereien: »Jetzt sind die Frauen am Ruder, wir laufen auf Grund!« »An so einem Tag den Muscadet zu vergessen, du hast das Talent, alles zu verderben!« »Wenn dieses Kind nicht aufhört zu heulen, werfe ich es über Bord«, der gleiche, endlos von einem Boot zum anderen wiederholte Streit … Und er photographierte und photographierte. *Madre de Díos*, wie sehr sich Buenos Aires über dieses reine Porträt des alten Europa in den Ferien freuen würde!

Jetzt waren wir aus der Bucht heraus, und unser Freund hatte sich in einer Ecke des Cockpits zusammengekauert, um beim Manövrieren nicht zu stören. Vielleicht litt er unter einem Anflug von Seekrankheit? Mit ganz dünner Stimme sagte er immer wieder: »Krabbe, Krabbe.« Er wollte nicht glauben, daß sich eine solche Armada, diese Dutzende von Wasserfahrzeugen, in Bewegung gesetzt hatten, um eines so lachhaften Tieres habhaft zu werden.

Das Steckenpferd der des Lateinischen mächtigen Kinderfrau, die ihm einst Französisch beigebracht hatte, war die Etymologie gewesen: Krabbe, französisch »crevette«, Deformation von »chevrette«, Zicklein, das Krustentier, das Sprünge macht. Da sieht man mal wieder die unvorhersehbare Ergiebigkeit des Reisens, sagte er sich: Wer hätte geahnt, daß die Grande Nation, Gewissen der Welt seit 1789, älteste Tochter der Kirche, Erstürmerin der Bastille und Mutter von Charles de Gaulle, ja, wer hätte geahnt, daß dieses große Land eine echte Leidenschaft nur für die Krabbe hatte?

Die Flotte hatte sich gespalten. Vorn die Stinkenden, Lärmenden, Vulgären, die von Motoren Angetriebenen. Hinten die geruchlose, stille Aristokratie, der Wald von Segeln, langsam vorwärtsgleitend wie ein Streicheln über eine Stirn.

In der Ferne, mitten im Meer, fuhren kleine Berge aus grauem Kies vorbei, überragt von einem Ladebaum, begleitet von Möwen. Welches Dauerwunder hält die Sandkähne vom Untergehen ab?

Die ersten Schiffe hatten den Meeresarm durchquert

und tummelten sich nun im Archipel. Wie Kinder beim Ostereiersuchen.

Eine Fahrrinne mit einem Algenteppich wurde eingeschlagen. Dann eine andere, schmalere, die in eine Art Atoll mündete, einen von weißem Sand umgebenen Teich mit grünem Wasser. Ein Dutzend verlassene Boote wiegte sich in der Sonne und hänselte die Nachzügler.

Der Anker wurde geworfen, die Segel wurden eingeholt. Unser Gast lehnte das Angebot ab, uns zu begleiten. In der Tat hätte sich die Eleganz seiner Garderobe schlecht für einen langen, mühseligen Gang durch den Schlick oder über den modrigen Herbarienboden im oft hüfthohen Wasser geeignet.

Mit einem liebevollen Klaps auf seine Schulter verabschiedeten wir uns nacheinander von ihm.

»Viel Glück, José María. Die Szenen, denen Sie beiwohnen werden, sind typisch für unsere Region.«

»Sie mögen doch die örtlichen Bräuche ...«

»Die ausgedehnten Ebben sind für uns so etwas wie Karneval, verstehen Sie? An diesen Tagen ist alles erlaubt!«

»Ja, alles ist erlaubt«, trumpfte Madame geb. Saint-Exupéry träumerisch und errötend auf.

Und ohne Skrupel ließen wir unseren Freund zurück. Ein atavistischer Jagdinstinkt hatte sich unserer bemächtigt, obwohl wir doch zu den zivilisiertesten Menschen gehörten (Amateurübersetzer). Mit großen Schritten, die Krabbennetze wie Lanzen schwingend, marschierten wir zu unseren Lieblingsecken, deren geheime Lage seit Generationen vom Vater auf den Sohn weitergegeben worden war.

XXXVIII

Señor Fernandez war auf einmal allein, zwölftausend Kilometer von Buenos Aires entfernt, unendlich verstört, wie ein schon etwas zu großes Kind, das sich unter die Rockschöße seiner Mutter geflüchtet hat. Die Gerüche der Ebbe, ihre Fleischfarben, ihre sanften Formen, ihre üppige, weiche Vegetation, die Reinheit ihrer feuchten Absonderungen glichen nämlich ohne jeden Zweifel den intimsten Körperstellen einer Frau.

Señor Fernandez bekreuzigte sich. Er verstand, warum Gott jedes Jahr so wenige ausgedehnte Ebben erlaubte, warum er in seiner Weisheit dem Meer befahl, diese verführerischen Flächen schnellstens, kaum daß es sie den Menschen zur Schau gestellt hatte, wieder zu bedecken. Um der Emotion zu entkommen, die in ihm aufstieg, verließ er das Schiff, kletterte mit gezückter Leica und Nikon auf einen großen Felsen und knüpfte so an die uralte Strategie der Styliten an, jener Eremiten, die sich auf die Spitze einer Säule zurückzogen, dorthin, wo die Hoffnung gestattet ist, leichter dem Taumel der Sinne zu widerstehen.

Das Schauspiel, das sich ihm darbot, so weit das Auge reichte, hatte nichts Bretonisches. Eher etwas von Asien.

Schlick, Tang und Wasserlachen schillerten unter dem gelben Licht, und Hunderte von Figürchen bearbeiteten rastlos dieses riesige Reisfeld. Oh, die rührenden Personen, so eifersüchtig auf ihre »Ecken«, so stolz auf ihre Geheimnisse, und dennoch Seite an Seite arbeitend! Auch in einer dichten Menge namenlos gemacht, reitet das Ego des Franzosen immer ein Einzelschlachtroß.

Die Möwen, die einen Moment lang vom Eindringen dieses mit sonderbaren Apparaten behängten kleinen Mannes gestört waren, erkannten in ihm einen Harmlosen und ließen sich wieder neben ihm nieder. Er setzte sich mitten unter sie wie ins Parkett eines zuckenden Theaters.

XXXIX

Eine blonde Frau (blond war in dieser Gegend entschieden die gottgewollte Haarfarbe der Ehefrauen wie der Kinder) näherte sich. Sie blieb auf einer von den letzten Wellen des sinkenden Meeres umspülten Landzunge aus hellem Sand stehen. Nichts unterschied sie von den anderen Fängerinnen von rosa Garnelen (*Palaemon serratus*). Doch nun ließ sie auf einmal ihr Netz fallen, entledigte sich mit einer abrupten Schulterbewegung ihres Korbs, löste ihr Kopftuch und die Bänder ihrer Espadrilles, knöpfte blitzschnell ihre alte rote Shetlandjacke auf. Sie trug zu große Khakishorts und obenrum die örtliche Uniform: das gestreifte Trikot. Sie blieb inmitten des gleißenden Weiß stehen, eine in dieser Welt der Nuancen, der Übergänge unpassende Farbe, und blickte starr geradeaus zum Horizont. Dann schloß sie die Augen.

Er, der Mann, trug das Werkzeug des Krustentierjägers, seine Brechstange, den langen schwarzen Haken, der am Ende aufgebogen war, um in einer schmalen Vertiefung den Einsiedlerkrebs zu verfolgen, die Wollkrabbe aufzuscheuchen oder das Seeohr abzulösen. Er hielt auch die Harke des Meeresgärtners in der Hand, diese Harke, die unter der Kiesoberfläche die Venusmuscheln mit ihrer

Schale, runzelig wie die Haut uralter Chinesen, ans Licht bringt.

Er war fast schon an ihr vorbei. Plötzlich sprang er sie an. Er hatte seine Ausrüstung in der Hand behalten. Die Frau zerzauste ihm die Haare. Wortlos glitten sie auf die feuchte Landzunge.

Für einen solchen Kenner der Nächte in Buenos Aires, wie ich ihn beschrieben habe, war das Schauspiel der Verzückung des Körpers nichts Neues. Die tönende Begleitung hingegen brachte ihn aus der Fassung. Diese sich liebenden Leute sprachen miteinander. Sprachen mit lauter, fröhlicher Stimme, als rühre ihr Glück, mehr noch als von den Gesten, von den Worten her: »Oh, danke, daß ich dich so begehre.« »Woher hast du diese Sanftheit?« »Ich habe so oft von deiner Haut geträumt.« »Ich glaube, ich werde nie mehr Angst haben.« »Du nimmst mich mit dir.«

Alle Zeichen der sich vollziehenden körperlichen Liebe, denen er seit dem Beginn seines Aufenthalts so vergeblich nachgespürt hatte, stiegen nun wie eine berauschende Musik zu ihm, dem ausländischen Besucher, auf, ein Geschenk des genießerischen, Unzucht treibenden ewigen Frankreich, des Frankreich Rabelais' und Maupassants.

Er wechselte Kamera und Objektiv, schraubte ein 400-mm-Rohr auf seine Nikon Nr. 2, überließ seine nächsten Nachbarn ihren Abenteuern und schwenkte über das bretonische Reisfeld. Hier und da, bis zum Horizont, gaben sich Männer und Frauen auf dem Sand oder auf dem Seegras, am Rand der Wasserlachen oder an die Felsen gelehnt der Lust hin, während um sie herum eine Armee von Unerschütterlichen weiter fischte.

Und denken Sie ja nicht, all diese Paarungen seien ehebrecherisch gewesen, wie die zu seinen Füßen andauernde. Señor Fernandez erkannte in seinem Sucher ganz genau Paare, die er beim Verlassen der Bucht sich mit der Verbitterung und dem Groll hatte anmeckern sehen und hören, die unfehlbar die Dauer und Legitimität einer Beziehung angeben.

Arme Inselbewohner! Durch die in den überfüllten Häusern der Familien herrschende Raumnot zu Geheimnistuerei und Leisesein gezwungen, nutzten sie trunken die weiten, für ein paar Viertelstunden von der Ebbe (Koeffizient 115) freigelegten Flächen. Und die Voyeure auf dem Signalmast, dem in der Ferne kaum erkennbaren winzigen weißen Fleck, konnten mit ihren stärksten Ferngläsern noch so intensiv den Horizont absuchen: vergebliche Liebesmüh! Diese Rasereien würden außer Reichweite ihrer sorgenvollen, puritanischen Überwachung bleiben.

O schönes menschliches Fest unter dem spöttischen und vielleicht neidischen Tanz der Möwen!*

Die beiden durchnäßten Liebenden unterhalb des Argentiniers hatten sich wieder erhoben, standen sich gegenüber und sahen einander an. Unser Freund schloß die

* Gestatten Sie dem Erzähler eine kurze biographische Angabe? An einem 22. März geboren, wurde er aller Wahrscheinlichkeit nach am 18. Juni des Vorjahres anläßlich eines solchen Niedrigwassers (Koeffizient 108) gezeugt.

Augen. Er hatte seine Moral: So schamlos man alle Zustände der Körper observieren darf, so ungestört muß man die Seelen miteinander sprechen lassen. Aber sein Entschluß hielt nicht lange vor. Sehr schnell machte er die Augen wieder auf.

Die Frau hatte den Kopf des Mannes in die Hände genommen. Ein verzweifelter Ernst war über sie gekommen.

»Bis zum nächsten Jahr«, sagte die Frau.

»Paß auf dich auf«, sagte der Mann.

Sie rissen sich voneinander los, kehrten sich den Rükken zu und gingen allzu entschlossenen Schritts auf etwas zu, was aller Wahrscheinlichkeit ihre jeweilige Ehe war.

Da merkte der Argentinier, daß er vor lauter Aufregung vergessen hatte, auf den Auslöser zu drücken. Die örtlichen Bräuche würden nicht verewigt sein.

XL

Auf dem ganzen Rückweg, während wir um die Wette unsere Abenteuer kommentierten und unsere noch zappelnde Beute verglichen, schwieg unser Gast. Er verließ uns ohne ein Wort, noch immer gedankenverloren. Wir sahen ihn fortgehen, er lächelte. Wir hatten sein Ziel vorausgeahnt: die sogenannte Anhöhe der Blindschleiche, den besten unserer Beobachtungsstände. Dort erwartete ihn eine traurige Überraschung, die wir gut kannten: der Horizont war brav. Der steigende Ärmelkanal hatte alles bedeckt: die Gesten, die Worte und die Orte der Liebe. Dort haben wir, sehr früh in unserem Leben, begriffen, daß das Meer das Abbild der Zeit ist.

XLI

Natürlich erzählten wir Señor Fernandez von Gilles, und jedesmal rief er: »Was für eine faszinierende Person ist doch Ihr Freund, und so verzweifelt!«

Genauso berichteten wir dem Hauptbeteiligten von den ionosphärischen Großtaten des Argentiniers.

»Ein Mann, der den Himmel zum Komplizen hat ...«, murmelte dann der Übersetzer, ohne seinen Satz je zu beenden.

Doch sich in Vorwänden überbietend, fanden sie immer Mittel, sich aus dem Weg zu gehen. Und nie, bis zum letzten Tag nicht, begegneten sie sich, trotz der Nähe ihrer Häuser, die nur zwei Schritte auseinander lagen.

Vielleicht war die Sehnsucht nach dem Klavier bei diesen beiden ehemaligen Musikern zu übermächtig? Sie befürchteten, sie wieder anzufachen, wenn sie sich kennenlernten.

Vielleicht hatte sie auch zu der Zeit, als Jean Cocteau noch lebte, eine sehr persönliche Geschichte verbunden, und sie wollten um keinen Preis wieder in ihre Falle geraten?

XLII

Am 31. August, gegen vier Uhr morgens, begannen die Schiefer auf den Dächern zu klappern. Die Zwischenwände aus Tannenholz knarrten. Der Wind heulte unter den Türen. Die Schatten der Bäume bewegten sich im Takt, und die Fallen schlugen hart gegen die Masten. Der ebenholzschwarze Himmel hatte beschlossen, unsere Gegend zu verlassen. In Windeseile entfloh er gen Süden. Als die Stunde schlug, wurde es nicht Tag. Als hätte sich dort oben, auf dem Speicher der Galaxien, eine Luke geöffnet, und die Nacht ergösse sich über die Erde.

Die Insel schien zu schlingern, an ihren Festmachern zu zerren. In diesen Augenblicken, mitten in den schwersten Böen, beruhigte uns das Vorhandensein all unserer Wörterbücher, unserer Enzyklopädien, die von unseren ewigen Doktoranden angesammelten enormen und nutzlosen Unterlagen. Was gäbe es Gewichtigeres als die Bücher, diese Tonnen verdichteten Papiers? Es diente uns als Anker und Ballast. Ohne sie wäre unsere Insel längst gekentert. Oder wer weiß wohin abgetrieben? Man hörte schon dumpfes Knacken im Boden. Der Sturm versuchte, uns aus dem Granit herauszureißen wie einen Zahn.

Oft sage ich mir, daß die Antillen Stücke des Finistère sind, die der Bretagne von einem Nordostwind Stärke 12 gestohlen und von dessen Cousins, den Passatwinden, in Richtung Amerika getrieben wurden. Ich gestehe, daß ich bei der Reise gern dabeigewesen wäre.

Den Körper vorgebeugt wie ein Skispringer im Moment des Abhebens, ging der Pfarrer die Bucht entlang. Mit beiden Händen versuchte er, das Barett auf seinem Kopf festzuhalten. Da es ihm bei der Stärke der Sturmböen nicht gelang, blieb er stehen, zögerte: Keine Tasche seiner vom Wind gebeutelten Soutane war groß genug für die sperrige Kopfbedeckung. Er blickte sich um. Niemand da. Er war allein in dieser entfesselten Welt. Er bückte sich, versteckte den Dreispitz unter einem Stechginster, bekreuzigte sich, bat den Allerhöchsten rasch, ihn vor möglichen Dieben zu schützen, und machte sich auf, weiter gegen das Toben der Luft anzukämpfen.

Warum legte er sich so ins Zeug, den Elementen zu trotzen, während alle anderen Inselbewohner ruhig zu Hause blieben und sich dem zwangsverordneten Zeitvertreib an stürmischen Tagen widmeten: Man klopft an das Barometer, man hebt die Arme gen Himmel, man ruft: »Mein Gott, wann hört es auf zu fallen?« Und man klopft von neuem. Brachte der Pfarrer irgendeinem Unglücklichen die Tröstungen der Letzten Ölung? Doch dann wäre, sogar bei diesem schrecklichen Wetter, ein Chorknabe vor ihm hergegangen. Meter um Meter kämpfte sich der gute Pfarrer voran. Zu seinen Füßen hatte das bronzegrüne Meer seinen Jahrtausende währenden Kampf gegen den Granit noch wütender wiederaufgenommen.

Rastlos stürmte es auf die Küste ein, und ab und zu stieg die Gischt trotz der Höhe der Steilküste bis zu dem Kirchenmann auf.

Es blieb nur noch ein ganzer Tag vor dem Abgabetermin, dem schicksalhaften 1. September. Wir mußten noch einen Zahn zulegen. Keiner der Amateurübersetzer war zu Bett gegangen. Wir riefen uns stündlich an, um Informationen auszutauschen und um uns gegenseitig anzufeuern. Nach der Barometerpause setzte ich mich wieder an meinen Arbeitstisch. Ich mußte vor Mittag eine erste Version des Klappentexts erstellen, der das Buch zusammenfaßt. »*Der Rest von Vans Geschichte dreht sich frei und farbenprächtig um sein langes Liebesverhältnis mit Ada …*«

Gilles würde ihn lesen, kürzen, korrigieren, während er gleichzeitig mit der linken Hand über seine Wollmütze strich; sie umschloß so perfekt seinen Schädel, daß man unserem Freund leicht eine marineblaue Kahlköpfigkeit hätte zuschreiben können.

Im Herzen des meteorologischen Getöses war es nicht leicht, Nabokovs friedlichem, kristallinem Plätschern zu folgen: »*Eine blumenbewachsene Galerie; eine bemalte Decke; ein hübsches, zwischen den Vergißmeinnicht eines Bachs gestrandetes Spielzeug …*« Insbesondere die Tür, eifersüchtig, daß man sich trotz ihrer Leiden nicht für sie interessierte, dröhnte wie eine Trommel. Von Mitleid erfaßt, wollte ich ihr Holz streicheln, ihre Klinke liebkosen.

»Und obendrein sind Sie auch noch taub!«

Der Pfarrer ohne Barett stand auf der Schwelle. Er hüpfte von einem Fuß auf den anderen, die Gigue eines

Mannes, den ein dringendes Bedürfnis quält. Ich bat ihn herein. Der Luftzug verstreute meine armen Blätter, brachte meine Kritzeleien durcheinander. Ohne zu antworten, zeigte er mir den Himmel: »Sie haben verstanden, hoffe ich?«

Mit dem rechten Zeigefinger deutete er auf die schwarz dahingaloppierenden Wolken.

Wieder einmal hatte Irland uns freundlicherweise ein schweres Tief angedreht. Nichts besonders Neues. Was gab es da zu verstehen?

»Wissen Sie, was passiert ist, als die Bibel ins Griechische übersetzt wurde?«

Ich mußte meine Unwissenheit eingestehen.

»Damals verfinsterte sich die Welt drei Tage lang. Ich bin nicht immer mit den Juden einverstanden, aber darin sind sie unwiderlegbar: eine drei Tage währende Nacht. Mit diesen Dingen spielt man nicht. Gott hat die Turmbauer zu Babel bestraft. Die Inseln sind anfällig. Ich habe Sie jedenfalls gewarnt.«

Und er ging ohne ein Abschiedswort und murmelte seine Litanei vor sich hin: »Verantwortungslose, die ihr seid, die Inseln sind anfällig …«, die bald vom Wind davongetragen wurde: »Inseln … anfällig …«

Seine vorgebeugte Gestalt eines Skispringers versank nach und nach im Farnkraut.

Er setzte seinen Rundgang für eine letzte Warnung fort.

XLIII

An jenem 1. September hatten sich die Amateurübersetzer und ihre Familien auf der Terrasse der Lordereaus verabredet. Und schon stapelten sich Taschen, Koffer, Kinderwagen, bunte Fahrräder, dem Sommer entrissene Kriegsbeutestücke (Kieselsteine zum Briefbeschweren, gestrandete Holzstücke, eine Halskette aus Sepiaschalen, ein riesiges Nest: sicherlich von einem Albatros ...), Inselspezialitäten, unerläßlich, um die Rückkehr nach Paris zu ertragen (die Keule von einem auf Salzwiesen geweideten Schaf, Neunkornbrot, Näpfe mit Milchreis, Geraniensteckinge, scheußliche, nach erbittertem Kampf bei den Regatten errungene Kunstgegenstände, Flaschen mit Meerwasser gegen künftige Stirnhöhlenentzündungen usw.). Und wie jedesmal umkreisten die Familienväter schimpfend den im Verlauf des Vormittags ständig wachsenden Berg: »Und ihr glaubt, ich würde diesen Krempel in MEIN Auto laden?«

Währenddessen lief eine winzige Véronique in alle Ecken des Gartens, tauchte verzweifelt in die Hortensien ein, stöberte unter den Spindelbäumen und Fuchsien. »Gontran? Wo bist du, Gontran?« Selbiger Gontran, seines Zeichens ein sandfarbenes Karnickel, das das kleine

Mädchen am 15. August bei der Kirmes gewonnen hatte, war im günstigsten Moment verschwunden.

Oberhalb, weit oberhalb dieser rituellen tierischen und menschlichen Aufregungen, spähte aus einem in den Granit im Giebel des Hauses gebohrten Bullauge ein ophthalmologisches Phänomen mit Vornamen Patrick, neun Jahre, Sehstärke + 2 auf dem rechten, + 3 auf dem linken Auge oder auch umgekehrt.

Der Sturm war noch stärker geworden. Der Wind peinigte das Meer, durchpflügte es, rührte es um, raspelte ihm die Kronen ab. Es rächte sich an den vor Anker liegenden Schiffen. Die umgelegten Masten waren nicht mehr zu zählen. Mit abgerissener Vertäuung trieb eine Brigg auf die Felsen des Bec-Sanson zu. Ein wie rasend rudernder Mann in einem kleinen Beiboot verfolgte sie, wobei er ihren Namen brüllte: »*Pen tou pen, Pen tou pen!*« Einzig die Möwen beteiligten sich nicht an dem Kampf. Spöttisch und verächtlich ließen sie sich von einem Ende des Horizonts zum anderen tragen, wie Schweizer Beobachter, die von ihrer Flugmaschine aus auf das aufgeregte Treiben vor Verdun herabblickten. Gegen Mittag tauchte das Schnellboot auf.

»Es kommt, es kommt!« schrie das Phänomen. »Es ist die *Mésange.*«

»Mein Gott, mein Gott …«

»Diese Manie, immer zu früh zu kommen.«

»Du bist gut … Die Ebbe wartet nicht!«

Auf der Terrasse befehdeten Ehefrauen und -männer einander immer heftiger in einem Krieg mit trivialer Ursache, der aber aus dem Untergrund ihrer jeweiligen

Ängste zu kommen schien: Die Frauen zitterten, daß sie etwas vergessen haben könnten, den Männern platzte schon der Kragen, daß sie das alles zu transportieren hatten. Der ewige Kampf zwischen Seßhaften und Nomaden.

»Na, na, Kinder«, wiederholten Marguerite und Colette, die beiden Ehrengroßmütter, mit einem verzerrten Lächeln auf den Lippen und mit zum Himmel erhobenen Armen, erschreckt über diese plötzlich zerrütteten Ehen, diese Bruchstücke von Paaren, zwischen denen sich sardonisch der Wind verfing.

Noch vor dem Anlegen ließ das Schnellboot seine Sirene heulen: Beeilt euch, ihr verantwortungslosen Urlauber, und betet zu Gott!

Ein gelber Block aus etwa dreißig Ölmänteln in allen Größen, so warteten wir zusammengedrängt auf den günstigsten Moment, um auf die Mole zu stürmen. Wir, Kinder und Eltern, zählten gemeinsam die Wellen: eins, zwei, drei ... Die Legende besagt, daß die siebte die schlimmste ist. Legenden lügen nicht. Kaum wurde die Zahl sechs von unseren verschreckten Stimmen ausgesprochen, als ein grün-weißer Berg sich erhob und über der *Mésange* niederging. Jemand schrie: »Jetzt!«, und der kanariengelbe Trupp sprang unter Mißachtung der Gischtspritzer auf und begann – mit Babys auf dem Arm und Paketen in den Fäusten – zu rennen, bis zur Atemlosigkeit über das endlose Band aus Granit zu rennen.

»Schneller!« riefen die Großmütter von ihrem Kap aus, »schneller, oder ihr schafft es nicht!«

Die Seeleute hievten uns gerade rechtzeitig an Bord: Eine weitere Sintflut überschwemmte das Schnellboot.

Genau in diesem Augenblick sahen wir Gilles ganz oben auf dem Weg daherkommen, als wenn nichts wäre, weder ein tobender Sturm noch ein auf Grund stoßendes Schiff, noch eine grün werdende Nachkommenschaft – »Mama, dauert dieses Schlingern noch lange?« –, noch ein jenseits des Wassers seit mehr als tausend Jahren auf das ihm Zustehende wartender Verleger, noch ein Kapitän, der mit seiner Geduld am Ende war und den Befehl zum Ablegen gab.

Gilles schob sein Fahrrad und zog mit ihm eine Karre voller Katzen: um nichts in der Welt hätten sie diesen Ruhmestag verpassen sollen. Er trug seine Jacke aus weißem Drillich, dieselbe, die er im Beisein Cocteaus getragen hatte, wenn er ihm Couperin vom Blatt vorspielte. Die dazugehörige Hose war wohl verschwunden, auf Reisen verlegt oder von den Wechselfällen des Lebens zerschlissen. Unterhalb des Drillichs warf überalterter Samt seine Falten.

Mit feierlicher und aufreizendster Langsamkeit (der Kapitän, dessen Schiff in seinem ganzen Rippenwerk litt, murmelte mit Mordlust in den Augen: »Der ist verrückt, der ist ja mehr als verrückt«) löste er die Knoten, welche die auf dem Gepäckträger gefangene französische Ada (einen grauen Aktenordner) festhielten.

Und nun bog auch er auf die Mole ein.

Von den Möwen gefeiert, ging ein weißer Drillich mitten durch das Meer. Langsam, gemessen, vornehm, verwegen, wie man Truppen abschreitet. Und das Meer, angesichts dieses hochmütigen Verhaltens erstarrt, rührte sich nicht. Außerdem hat das Meer seine festen Regeln:

die Schlechtwettersoldaten, die scheußlichen Ölmäntel greift man schamlos an, aber einen so empfindlichen Drillich?

Der Stadtanzug näherte sich. Jetzt konnte man die roten Lederschuhe ausmachen, die die Hose verlängerten und sich durch die Pfützen lavierten. Das Meer entschied sich: Niemand sollte von ihm sagen können, man dürfe es in dieser Weise folgenlos hänseln! Dreimal erhob es sich und ließ den Unverschämten verschwinden. Der dritte Ansturm wäre beinahe fatal gewesen. Die Strömung trug ihn davon. Wunderbarerweise kam er am äußersten Rand des Kais wieder auf die Füße, zurrte seine Krawatte zurecht und stieß unter Beifall zu uns.

Er hob uns den dicken grauen Aktenordner entgegen, den er mehr schlecht als recht vor dem Katarakt geschützt hatte. Er suchte die Person, der er das Meisterwerk überreichen konnte. Mit blinzelnden Augen und nervös verzogenem Mund näherte er sich Señor Fernandez und reichte ihm das Kind über die sehr bewegte Reling.

»Ich vertraue es Ihnen an. Ehemaligen Pianistenhänden …«

Er grüßte mit einer raschen Handbewegung: »Danke, bis zum nächsten Jahr.« Schon entfernte sich das Schnellboot vom Kai, der Kiel mußte stark den Grund geschabt haben, das Meer schäumte vor Sand. Gilles nahm sein Fahrrad und hatte seine Katzen wieder. Zusammen – weißer Drillich, Samt und Pelze – stiegen sie den mit Schildern – »Privateigentum, Zutritt verboten, Strandweg benutzen« – verzierten steilen Pfad hinauf. Und verschwanden aus unserem Blick.

XLIV

Arme Ada, in welches Abenteuer hatten wir sie hineingezogen. Wie mußte sie sich, durchgerüttelt, von Gischt durchnäßt, vielleicht sogar seekrank, nach dem Festland ihrer Kindheit sehnen, dem Park des Schlosses Ardis und seinen Euphrat-Apfelbäumen, auf dessen kühlem Ast sie so gern rittlings festumklammert saß!

Arme französische Ada! In sie hatten wir unsere ganze Liebe, unsere verwerfliche Leidenschaft für Metaphern hineingelegt, und nun lief sie auf einmal Tropfen für Tropfen auf den Boden der Kabine aus, wohin wir sie gebracht hatten.

Madame geb. Saint-Exupéry hatte den grauen Aktenordner aufgeschlagen. Unser Trupp stand im Kreis auf Zehenspitzen und mit geneigtem Kopf, um besser zu sehen, wie Gaffer um ein Unfallopfer.

Bedauernswerte Ada, zugrunde gerichtetes Mädchen, zuschanden gemachte Frau, zusammenklebende Seiten, verschwommene Zeilen; die handgeschriebenen Korrekturen waren zerflossen und hatten ganze Absätze verschmiert. Zum Beispiel die Episode, in der Van, um der Versuchung zu widerstehen, seiner Stiefschwester Lucette nachzugeben, sich ins Badezimmer rettet, sich darin einschließt, um »*mit wilder Inbrunst den Überschuß an Lüsternheit loszuwerden*«, hatte eine bläuliche Färbung angenommen, die dem Kleinen Prinzen besser angestanden hätte als einem tapferen Kampf gegen den Inzest.

Unsere Ada verließ uns, sie empfahl sich sachte, sie kehrte in das Weiß des Blatts zurück, aus dem Vladimir, der Schmetterlingsfänger, sie pfeifend Zeile für Zeile hervorgeholt hatte.

»Mein Gott«, wiederholte Madame geb. Saint-Exupéry, »sie wird ausgelöscht, seht nur, o mein Gott, sie wird ausgelöscht …«

Der ewige Doktorand übernahm die Leitung der Operation. Trotz des immer heftigeren Schlingerns wurden die bedrohten Blätter auf den Bänken ausgebreitet. Einer von uns zog ein Taschentuch hervor, der andere ein Halstuch. Oder auch in Ermangelung von etwas Besserem einen Hemdzipfel. Und so trockneten wir wie pflegende Krankenschwestern jeden einzelnen der nassesten Teile unserer lieben Ada, den Augenblick, da Van sich mit seinem Rivalen Percy duelliert, den, da die allzu hilfsbereite Cordula in einem schäbigen Hotel zweimal ihren mohnblumenroten Rock hebt und demjenigen, der gerade da war, zweimal große Lust verschaffte …

Im Hintergrund an die schimmeligen Rettungsringe gekauert, fanden die Kinder unser Ballett so interessant, daß sie darüber ihren Brechreiz vergessen hatten.

»Die Dame da, auf den Blättern, kehrt sie wieder zurück?«

»Ja, mein Schatz. Ich glaube, wir haben gerade noch rechtzeitig eingegriffen.«

Da ich die Rettung für gesichert hielt, stieg ich wieder an Deck.

Die *Mésange* fuhr aus der Bucht. Alle bisherigen Erschütterungen waren nur ein harmloser Vorgeschmack gewesen. Jetzt würde sich das Meer ernsthaft um uns kümmern, um uns Schuldige, unendlich Schuldige, die wir es zwei Sommer lang verschmäht hatten. Man konnte sich auf es verlassen: Um uns zu verschlingen, würde es all seine Talente, seine Gehässigkeit und List einsetzen.

In der Ferne, auf der Terrasse, neben dem Riesenoleander, der gewunden war wie ein Olivenbaum, fuchtelten zwei dunkle kleine Gestalten mit einem riesigen weißen Viereck herum. Das war ihre Gepflogenheit: Marguerite und Colette hißten immer ein Segel, um in den Winter einzutreten.

EPILOG

»Sehr geehrter Herr Präsident,

in Erfüllung der vornehmen Mission, mit der Sie mich wohlwollend betrauten, habe ich mich am vergangenen 10. und 11. August an den Ort begeben, dem Ihre wachsame und berechtigte Aufmerksamkeit gilt.

Wenngleich ästhetische Regungen das Urteil eines untersuchenden Beamten nicht beeinflussen dürfen, sehe ich mich außerstande, Ihnen die folgende Tatsache vorzuenthalten: Die Landschaft, die sich dem Reisenden während der vielen Schleifen im Sinkflug auf das Meer darbietet, ist atemberaubend. Stellen Sie sich die ausgedehnteste blaue Fläche vor, bis zum Horizont bestreut mit Hunderten von rosa Felsen, zwischen denen Segel in allen Formen umhergleiten. In der Ferne wacht die Hauptinsel, die grün zu sein scheint, über diese große Familie an der Wasseroberfläche …«

So, dafür lege ich meine Hand ins Feuer, wird das letzte Leben unseres Archipels beginnen: mit einem offiziellen Bericht an den Präsidenten der Unesco mit der Empfehlung, unser Paradies zum Erbe der Menschheit, Kategorie »Sprachreservat«, zu erklären. Wir brauchen nur ein oder zwei Jahrhunderte zu warten, vielleicht weniger.

Man wird für so etwas wie Rückzüge hierherkommen. Um in dieser fast vergessenen uralten Sprache, dem Französischen, einige ausgewählte Episoden der Existenz zu erleben: eine »Wiederentdeckung der Eifersucht« (vierzehn Tage), »die Freuden der Traurigkeit« (eine Woche) oder, wenn man die Welt der Gefühle meiden möchte, »den Wortschatz des Meeres« (ein Trimester), »die Benennung eines Gartens« (zwei Monate) …

Die Besucher werden entzückt, reich an neuen Spitzfindigkeiten zurückkehren und sich dem Grau in Grau der Weltsprache stellen.

Diese Zeit ist noch nicht da, obwohl schon viele Jahre seit den zwei Sommern vergangen sind, von denen ich eben erzählt habe.

Scheinbar hat sich nichts verändert. Die Möwen kreischen, die Hortensien wachsen, das Meer steigt und fällt. Im Frühling gehen die Igel spazieren. Im Gemeindeblättchen erzählt der Pfarrer schöne Geschichten von Eremiten und versucht so, den Sinn für das Göttliche in uns wiederzuerwecken. Wie seine Vorgänger. In der Bar Chardon Bleu herrscht immer noch reger Betrieb. Dort haßt man Paris bis zum Überdruß. Man denkt an Orte zurück, an die niemand mehr fährt, wie Tonkin, Kap Hoorn.

Gleich werden meine beiden überlebenden alten Kameraden aus der glücklichen Zeit, als wir alle zusammen Ada übersetzten, hinten auf dem Weg auftauchen. Ich weiß, was sie herführt.

»Gehen wir?«

An manchen Abenden erstickt man auf einer Insel. Wenn

alle Geschäfte ruhen, muß man mit einem Schiff hinausfahren. Immer häufiger gehen wir mitten im Archipel vor Anker und verbringen dort die Nacht. Wir sind nicht mehr in dem Alter für große Reisen, aber die Strömung um uns herum vermittelt den Eindruck des Fahrens.

Der Wind legt sich in dem Maße, wie das Licht nachläßt. Um diese Zeit muß man anfangen, die Ohren zu spitzen.

Was sind das für ferne Silben, die sich unter das Plätschern des Wassers gegen den Schiffsrumpf, das Rascheln von Algen und anderes Rauschen von Flügeln mischen?

Luulevaisuus, zakochany, servero africka klobasa, gyönör, statornicie, mortväcki ples ... *Ich habe alles in mein Notizbuch geschrieben. Im Institut für östliche Sprachen habe ich in Wörterbüchern nachgeschlagen. Die Übersetzung war nicht gerade erleuchtend: Eifersucht, verliebt, Merguez, Wollust, Treue, Totentanz ... Was für ein komischer Roman könnte diese unzusammenhängenden Wörter miteinander verbinden?*

Es würde mich nicht wundern, wenn unsere kleinen Inseln, so viele Jahrhunderte nach den Mönchen, »kleine Sprachen« Sprechende aufgenommen hätten. Die Albaner auf Lavrec; die Tschechen backbord auf Beniguet kampierend. Weiter südlich die Finnen auf Raguenez; die Basken weit draußen auf Maudez ... Um sie besser zu hören, müßte man sich ihnen nähern. Wahrscheinlich würden sie flüchten. Sie wissen, daß ihre Mundarten sterblich sind.

Warum erinnert diese Sarabande von Silben in der Nacht nur so sehr an eine Hochzeit? Eine ausschweifende Hochzeit. Die Familien haben sich vermischt. Man weiß nicht mehr, wer wen heiratet. Die Wörter tanzen jedes mit jedem. Sie geben sich, so gut sie können, dem Glück hin ...

Schulter an Schulter, sind meine Gefährten schon eingeschlafen. Ich kenne das kindliche Lächeln gut, das wieder und wieder über ihre Lippen huscht. Sie werden wohl aufs neue von einer zwölfjährigen russischen Zigeunerin bezaubert, deren Beine nach Kiefernharz riechen.

Gleich wird mich mein eigener Traum davontragen, der seit vierzig Jahren immer gleiche: eine Regatta von Wörterbüchern. Sie schwimmen, in der Mitte aufgeschlagen, auf dem Wasser und kreuzen langsam um die Insel. Der Wind blättert ihre Seiten um. Sie richten sich einen Augenblick lang hoch auf. Dann gleichen sie den viereckigen Segeln des legendären Floßes Kon-Tiki, *das ein Jahr nach meiner Geburt den halben Pazifik überquerte.*

Alle Zitate aus der dt. Ausgabe von »Ada« entnahmen wir der Übersetzung von Uwe Friesel und Marianne Therstappen, Rowohlt 1983.